KB028008

내가 좋아하는 것들, 산책

내가 좋아하는 것들,
산책

이정하 지음

스토리닷

아기가 처음 발을 뗄 때처럼 온 마음을 다해 걷는 일에 집중한 순간만큼은
지금도 잊을 수가 없다.
41쪽

강아지도 아직 풀도 자라지 않은 곳에 킁킁대며 냄새를 맡고,
어떤 아이는 신이 나서 흙먼지를 폴폴 날린다.

50쪽

빗소리가, 초록잎이 나에게 "힘내!"라고 하는 것 같았다.
잠시 눈을 감고 그 응원하는 소리를 들었다.
77쪽

지금처럼 꽃향기가 코끝을 간지럽힐 땐 모든 것을 잊고
잠시라도 추억에 잠겨 보고 싶다.

79쪽

아이와 더 얘기하고 싶거나 낮에 머리를 너무 많이 썼다 싶은 날에는
어김없이 이어폰을 들고 밤 산책에 나선다.
97쪽

서울이 아닌 곳이면 햇살과 새소리가 알람 소리라더니
창가로 들어오는 햇살에 눈이 떠졌다.
105쪽

그러나저러나 능소화가 어디든 너풀거리는 칠월이다.
121쪽

인생도 마치 다 알고는 절대 앞으로 나갈 수 없는 북한산 계곡 같은 것이리라.

140쪽

"Y, 잘 지내고 있어? 오늘은 날씨가 어제보다 좋아.
너도 산책하는 하루가 됐으면 좋겠어."
151쪽

여행을 가면 그 동네 사람처럼 아주 편한 옷을 입고 세계적으로
유명한 관광지를 그 동네 사람처럼 둘러보고 싶다.

181쪽

차례

이런 산책, 어떠세요?

산책을 한 지 6년이 지났다. 아이가 초등학교에 입학하면서부터 시작된 산책. 처음에는 아이를 학교에 데려다주고 나서 학교 근처 산이 어찌 생겼나 둘러볼 요량으로 시작했다.

혼자 산책하기가 그래서 같은 학교 아이 엄마들과 몇 번 같이 학교 근처 동산을 걷고 내려왔다. 내려와서는 산책 시간보다 더 길게 커피숍에 앉아서 이야기를 나누기도 했다. '아이가 학교에 잘 적응할까' 걱정하며 이런저런 수다가 길어질수록 혼자 산책해야겠다는 생각이 들었다.

6년 넘게 산책을 하면서 처음에는 말뜻도 제대로 모르면서 '산책'이라는 말이 '걷기'보다 예뻐서 좋아했던 것 같다. 가족이나 다른 사람들에게도 "나 산책 다녀올게." 하면 "나 걷다 올게."라고 말하는 것보다 왠지 모르게 기분이 더 좋았다.

이번 책을 쓰면서 그간 산책 후에 짧게나마 페이스북에 쓴 글이 많은 도움이 되었다. 산책하며 내 눈과 마음을 흔들어 놓았던 것들은 물론 꽃, 바람, 하늘, 나무 이야기만 할 수 없어서 나름대로 산책 범위를 넓혔다.

《내가 좋아하는 것들, 산책》은 몸과 마음 그리고 일상 산책을 다룬다. 몸은 10년 가까이 선무도 수련을 하며 느낀 것들이고, 마음은 명상하며 느낀 것들이다. 더불어 일상 산책은 많은 이들이 '산책' 하면 떠오르는 산책 이야기와 일상을 살며 느끼는 것들, 즉 내게는 책 만드는 일이겠다.

그러니 책을 읽는 이들 중에는 "뭐야? 이게 산책책이야?" "내가 생각하는 산책 이야기가 아니잖아."라고 할 수도 있다. 하지만 산책이란 한자가 담고 있는 뜻은 무릇 꾀나 전략을 무너뜨리는 일 아니던가. 선무도가, 명상이, 꽃과 바람과 하늘이, 책 만드는 일이 궁금하지 않을 수도 있다. 게다가 고달픈 일상을 사는 것에 아무런 도움이 되지 않는다 여길 수도 있다. 하지만 이런 것들이야말로 '지금'을 살고 싶은 내가 말하고 싶은 것들이다.

이 책을 쓰기 위해 이 카페 저 카페를 전전하며 카페 산책을 다니기도 했다. 동네 커피숍에서 하루에 두 시간씩 몰입해서, 최대한 휴대전화를 보지 않으며 작가놀이(?)를 했다. 출판사를 운영하는 동안 두 달에 한 권씩 책을 내고 2년에 한 번꼴로 책을 쓰지만 내가 이번 책을 내면 4번째 책을 내는 작가라는 것을 잊곤 한다. 이번 책을 쓰면서 다른 출판사는 물론 우리 출판사 작가님들의 노고가 다시 한번 크게 다가왔다. 역시 글은 손가락이 아닌 애간장을 녹여서 나온다는 말을 체감했다. 해서 이 책을 마감하면 더 열심히 책을 만들고 널리 알려야겠다는 생각이 들었다.

어제오늘 봄비가 내린다. 날이 어스름한 탓에 느지막이 일어나 찌뿌둥한 몸과 마음을 깨우러 산책을 나갔다. 봄비를 양껏 먹어 신난 나무와 꽃을 보고 한결 부드러워진 바람을 맞으며 오늘도 잘 살아 보자고 나에게 말해 본다.

겨울

·

새벽 별빛 달빛과 물소리

12월

작은 새해가 있는 달

절기는 음력이 아니라 양력이여

한해를 마감하는 12월이어서 그런지 하루하루가 짧게 느껴진다. 달력을 물끄러미 바라보며 '벌써 시간이 이렇게 흘렀나?'로 시작해 '올해는 또 무슨 일이 있었지?' '그래도 난 내가 만든 책이 있잖아.' 하며 스스로를 위로하려는 찰나 전화벨이 울렸다. 친정엄마였다.

"조금 있으면 동지여. 올해는 몇 시 몇 분이니께, 맞출 수 있으면 그때 팥죽을 김 서방이랑 애기도 멕여."

"엄마, 우린 그 전에 자는데?"

"하루 늦게 잔다고 큰일 난다냐. 시간 맞춰 먹으면 좋당게 될 수 있으면 그때 먹어."

"(그런데 팥죽을 둘 다 잘 안 먹어요.) 네. 엄마도 잘 드세요."

"그려. 아, 그리고 셋째는 팥죽 먹는 시간 잘 모를 텡게 니가 좀 알려줘라."

"네."

엄마와의 전화통화는 늘 이런 식이다. 반박하려다가도

마지막은 늘 "네."라고 답한다. 고향 친구가 이런 나를 보고 "넌 참 안 그렇게 생겼는데, 엄마 말은 정말 잘 듣는다."고 한다. 생각해 보면 나도 이상하리만큼 엄마 말을 잘 듣는 것 같다. 군이 이유를 찾자면 엄마가 손발이 닳도록 고생스럽게 우리를 길러주신 것을 알기에 그러지 않았나 싶다.

이제 전화통화를 하다 보면 '사실'은 늘 너머쯤에 있다는 것을 깨닫는다. 이번 전화통화에서 사실은 때에 맞춰 가족들 잘 챙기라는 말이다.

몇 년 전만 해도 봄의 시작인 입춘부터 겨울 큰 추위인 대한까지 24절기가 음력인 줄 알았다. 예부터 내려오는 것이니 왠지 음력일 것 같았다. 하지만 계절의 구분을 알려주는 절기는 양력이다.

요즘 사람들은 절기가 무슨 말인지 알까? 아마 절기보다 제철이라는 말에 더 익숙하지 않을까? 제철, 그때, 그때만 할 수 있는 일들, 그때 하면 더 좋은 일들, 그때 먹으면 더 맛있고 그때 아니면 먹을 수 없는 것들, 때가 다 있다는 어른들 말씀. 우주여행 표를 사고파는 요즘은 한겨울에도 딸기가 나고, 바나나나 망고 같은 열대 과일도 돈만 주면 쉽게 구할 수 있으니 언제가 제철인지 실감하기 어렵다. 하지만 아직도 어르신들이 이렇게 절기를 군이(불편하게) 맞추려 하는 것은, 그런 기념일을 통해 늘 같은 날이라도 한번 더 되새겨 보는 데 의미가 있지 않을까?

여하튼 올해 팥죽은 제시간에 맞춰 먹지 못했다. 그래도 동지에 가족 모두 팥죽을 먹고 한해 동안 밤이 가장 길다는 동짓날 밤 잠자리에 들면서, 아주 짧게 어릴 적 동짓날을 떠올렸다. 마당 한 귀퉁이에 걸려 있는 큰솥에 장작불로 팥죽을 붉게 쑤어서 부엌부터 뒤꼍까지 한 숟가락씩 끼얹었던 그때. 그때는 왜 먹을 것을 이렇게 여기저기 뿌리나 싶었다. 이제는 팥물의 붉은 기운이 귀신을 쫓는다는 말은 믿거나 말거나지만, 가족들을 위해 조금이라도 좋은 것을 애써 챙기려 했던 엄마의 마음은 조금 알 듯하다.

절기, 제철. 반 백 년에 이른 내 나이의 절기는 어디에 해당할까? 오십에 꼭 해야 할 일은 뭘까? 추상적인 생각일 랑 그만두고 아침에나 제때 일어나자!

도복 바지 입은 사람의 정체는

선무도 수련을 무사히 끝내고 집으로 돌아가는 길. 양팔을 천천히 혹은 빠르게 돌리는 비회공(飛回攻) 수련을 한 뒤라 부실한 왼쪽 어깨와 팔이 덜덜 떨렸다. 캄캄한 겨울 저녁 찬바람을 가르며 걸어가는데, 저 멀리서 어깨에 긴 봉을 매고 마치 무협 영화에 나오는 사람처럼 무서울 게 없다는 듯 걸어오는 사람이 보였다.

패딩 밑으로 살짝 보이는 검은 도복 바지. 역시 누구한테는 누가 보인다더니 어두운 밤에도 도복이 보였다. 나를 한 번 쓱 보고 지나가는데, 아뿔싸, 한 발자국 한 발자국 다가올수록 누굴까 했던 그 긴 봉, 검은 도복 바지의 정체는 깜깜한 밤에도 한눈에 알아볼 수 있을 만큼의 앳된 중학생 정도 되는 아이였다. 순간, 다음에는 나도 도복을 갈아입지 않고 이 아이를 거리에서 한번 만나보고 싶다는 쓸데없는 생각을 했다.

찬바람을 가르며 순간이동(?)을 해서 집으로 돌아와 그 얘기를 했더니, 코딱지(딸아이 별명) 씨가 하는 말, 그러기 전에 수련이 끝나고도 도복을 입을 수 있는 용기를 가져야 한다나? 하긴 저녁엔 그나마 도복이 잘 보이지 않지만 한 낮에, 특히 여름에 도복을 입고 거리를 활보하기에는 아직 용기가 부족하다. 물론 도복을 입으면 길에서 종종 마주치는 도를 아십니까 님들을 물리칠 수 있어 좋다. 어떤 이유인지는 몰라도 도복을 입고 가면, 그래 봤자 겨울이라 바지 밑만 보일 텐데도 그런 사람들이 다가오지 않는다.

날이 추워질수록 도장에 나오는 도반님들 수가 줄어든다. 아뿔싸, 지난번 수련 시간에는 나와 다른 한 명의 도반님, 단둘만 나왔다. 그분마저 나오지 않으면 나 혼자 수련해야 하기에, 마찬가지로 내가 도장에 안 가도 그분 혼자 수련을 해야 하기에 수련을 마치고 도장 문을 나서며 다음 수련에도 꼭 나오자고 하마터면 손가락을 걸고 약속까지 할 뻔했다.

"수련하려고 도장으로 오는 마음과 그 한 발 한 발이 위대하고 특별합니다. 동작이 잘 되고 안 되는 것은 그렇게 중요하지 않습니다."

며칠 전까지만 해도 동작을 제대로 하지 않으면 불호령을 치시던 법사님이 오늘은 무슨 마음이 들었는지 이런 말씀을 하셨다. 법사님도 이런 추위에 도장에 오는 그 자체가 수련이라고 생각하신 걸까? 도장이 집에서 엎어지면 코 닿을 데 있다는 이유로, 동작이야 되든 안 되든 냉장고 온도 같은 영하의 추위를 물리치고 오늘도 수련하러 가는 내가 조금 멋지다는 생각을 하는 걸 보면, 역시 운동을 하면 긍정 에너지가 나오긴 나오나 보다.

"건강한 몸으로 이렇게 수련할 수 있음에 감사해야 합니다. 특히 오늘 오신 두 분은 도장이 이렇게 가까운 곳에 있어서 더위도 추위도 아랑곳하지 않고 수련하러 나올 수 있음에 감사해야 합니다. 복이 있으신 거예요. 수련할 수 있는 복."

그러고 보면 이사를 할 때 해가 오래도록 드는 남향을 좋아하는 사람이 있고, 누구는 학군을, 다른 누구는 교통을, 또 다른 사람은 숲이 가까이 있나를 보지만, 나는 선무도를 수련할 도장이 있는지, 산책하기에 좋은 곳인지를 따질 것이다. 그런 곳이 나에게는 명당이다.

0도씨 산책

0도씨. 어제보다 2도 낮음. 숲속 어귀에 이르러 마스크를 내리자마자 코끝에 전해지는 숲 내음, 진한 낙엽 냄새가 고향 집 어귀에서 나는 냄새 같다는 생각이 들었다. 아침 산책은 머리만 깨우는 게 아니라, 시각 청각 후각 미각 촉각인 오감을 깨운다. 파란 하늘 사이로 보이는 나뭇가지와 꾀꼬르 때때르 새소리, 마음 푸근해지는 낙엽 내음, 한겨울 든든하게 중무장한 듯 느껴지는 나무 등걸까지.

지난해 이맘때 SNS를 보니 '세상 모든 글을 쓸 기세'였는데, 올해는 '세상 모든 책을 읽을 기세'다. 그동안 사놓고 읽지 않은 책을 해가 가기 전에 다 읽고 새해를 맞이하고 싶다. 올해도 지난해에 이어 한 달에 한 권씩 책을 읽고 나누는 모임인, 책수다를 하면서 책 편식을 하지 않고, 또 직업이 책 만드는 일이니 그만 읽고 싶어도 읽게 된다.

간혹 책이 재미없어서 혹은 여유가 없어서 다 읽지 못하고 모임에 참여하기도 했다. 하지만 모임 이름이 책수다이지 않은가. 책 이야기만 하는 곳이 아니기에 이번 달은 솔직하게 다 읽지 못했다고 실토하고 다른 이들의 얘기를 들었다. 그러면서 책은 영화처럼, 그림처럼 참으로 사람마다 다르게 읽히는구나 느끼기도 했다.

한해를 마감하는 책수다 자리, 그 달의 책을 읽은 소감을 말하고 '올해 책수다 책'을 각자 말하는 자리를 가졌다. 분하게도(?) 우리 출판사 책이 아닌 다른 책이었다. 나도 이 책을 재미있게 읽었다. 재미라고 표현하는 게 부족할 만큼. 이 책으로 이분은 참 많은 사랑을 받았겠구나 싶고, 출판사도 많은 이들에게 이름을 알렸겠다 싶었다.

그리하여 올해 목표가 또 하나 생겼다. '2022 책수다 책'은 우리 출판사 책이 선정되는 것. 더불어 냉장고 파먹기처럼 책장 파먹기를 하고 싶다. 아니, 해야 한다. 왜 만날 청소 1순위는 책장인가. 이것은 책을 만드는 이에게 주어진 숙명인가? 내게 우리 출판사 책 말고 딱 100권의 책만 남기라고 하면 과연 어떤 책을 남길까?

영상과 영하를 가르는 0도씨 산책을 하며 이런 시시콜콜한 것들을 생각한다. 따뜻한 날씨를 좋아하는 사람도 있지만, 나처럼 정신이 번쩍 드는 추운 날씨를 좋아하는 사람도 있다. 그리고 그런 내가 만드는 책을 언젠가는 우리 책수다 사람들도 올해의 책으로 뽑아주는 날도 오리라.

마음 따듯해지는 그림 구경

그림을 잘 알거나 잘 그리지 못하지만, 그림을 좋아한다. 결혼 전에는 갤러리에 가서 오래도록 그림을 보는 게 좋았다. 무언가 조용한 곳에서 아무 말 없이 작가와 나누는 비밀스러운 대화랄까. 그래서인지 내가 알지 못하는 유명 작가의 작품도 되도록 해설가 얘기를 듣지 않고 오래도록 보는 것을 좋아한다.

그러고선 '내가 만약 그림을 산다면 어떤 그림에 빨간색 스티커를 붙일까?' 하는 깜찍한 생각을 하는데, 진짜 마음에 드는 그림을 발견하는 날이면 갤러리를 나오면서 쓸데없이(내 주머니 사정으로는 살 수 있는 정도의 그림이 아니니까) 그림 가격을 물어보기도 한다.

한 달에 한 번 날을 정해 그림을 보러 가는 이도 있다지만 나는 그렇게 부지런하지 않아서, 그저 운 좋게 예술의전당과 국립중앙박물관이 가까운 것을 십분 활용하고 있다. 이곳들이 다 마을버스를 타거나 전철 몇 구간만 지나면 나오는 곳이고, 과천현대미술관이나 세종문화회관도 전철이

나 버스로 그리 멀지 않은 곳에 있다.

해서 특별한 일이 없는 한 주말 나들이 코스로 이곳 중한 곳을 정한다. 느지막하게 아침을 먹거나 김밥을 사서 예술의전당 가기 전 서울둘레길에서 새 소리, 바람 소리, 물소리를 들으며 먹곤 한다. 한마디로 책 제목으로도 나와 있는 '주말엔 숲으로'를 몸소 실천하는 셈이다.

우리 가족에게는 이렇게도 익숙한 곳이지만, 서울에 사는 사람조차도 예술의전당이 어디에 있는지 잘 모르거나 같은 동네임에도 한 번도 가 보지 않은 사람도 많다는 것을 알게 됐다. 멀게만 느껴지는 것은 자주 가 보지 않기 때문일 게다. 처음 가는 길이 돌아올 때보다 길게 느껴지는 것처럼 말이다.

겨울이지만 요즘에도 종종 '주말엔 숲으로!'를 하고 있다. 그러나 코로나 상황이라 전처럼 숲에 갔다가 예술의전당에 들러 그림 구경을 하기가 꺼려진다. 주말엔 숲으로만하고 집으로 돌아오는 마을버스 안에서 언젠가 이렇게 큰전시회장이 아닌 작은 갤러리에서 보았던 그림 구경이 떠올랐다. 그날도 일요일이었던 같다.

집에서만 보내는 일요일이 아까워서, 그래도 우리 동네는 아니니 최소한의 나갈 채비를 하고 처음 가보는 동네에 있는 작은 갤러리를 찾은 날이었다. 동화책에 나오는 듯 빨간 문과 지하로 이어진 꼬불꼬불한 계단이 인상적인 그곳에서 열린 전시회는 〈2인 초대전: 윤병운, 미셸 들라크루와〉였다. 윤병운 작가 그림은 눈이 펑펑 내리는 겨울인데도, 미셸 할아버지 그림은 파리 한복판 도시 그림인데도 웃는 사람들, 꼬리치는 강아지도 다 보일 정도로 따뜻하기 그지없었다. 그림을 본 후, 겨울이지만 따뜻한 양재천 노을 속을 걸어 보았다.

1월

겨울 해는 짧고, 강은 아직 얼어 있다

조심해서 다녀오세요

"미끄럽지 않나요?"

"하나도 안 미끄러워요. 미끄러울 것 같으면 이쪽으로 해서 올라가세요."

"(등산화를 신고 와야 하는데) 운동화를 신고 와서요. 그런데 대단하세요. 목발로 눈이 온 산을 올라가시고요."

"할 일이 있어야지요. 할 일이 없으니 이거라도 하는 거지요."

"그게 대단한 일이지요."

"조심히 잘 올라갔다 오세요."

오늘따라 아침부터 컴퓨터로 일 하기가 싫어서 산책을 나온 김에 은행에 들러 세금을 낸 후에 커피 한 잔을 들고 뒷산으로 향했다. 찻길에는 며칠 전 내린 눈이 이미 다 사라졌지만, 산에는 아직 남아 있었다. 아니면 밤새 새로 눈이 내렸나? 산 입구에서 차갑게 시린 파란 하늘을 보며 커피 한 모금을 마시고는 올라갈까 말까 망설이고 있었다. 그때 목발을 짚고 산에서 내려오시는 분이 보였다.

야트막한 산이지만 그래도 산인데, 전부터 목발을 짚고 운동하시는 모습을 보며 저분은 무슨 일로 다리를 다치셨는지 모르지만 걷겠다는 의지가 참 대단해 뵈는 분이라 생각하곤 했다. 그분을 눈앞에서 만난 것이다.

갑자기 그분을 조금이라도 응원하고픈 생각에 쓸데없는 질문 몇 가지를 했더랬다. 하지만 되레 조심해서 잘 올라갔다 오라는, 나를 걱정해주는 말을 듣게 됐다. 그분 말씀대로 조심해서 눈 쌓인 산에 올라가며, 그분이 하신 "할 일이 있어야지요. 할 일이 없으니 이거라도 하는 거지요." 라는 말이 떠올랐다.

'놀다가 다리를 다친 것도 아닐 텐데, 일하지 못하면 자신이 쓸모가 없다는 죄책감을 빨리 벗어버리셔야 할 텐데……'라고 생각하며 졸졸 내려오는 약수터 물을 한참 들여다보고, 눈이 얌전히 깔린 평상과 벤치를 사진으로 남겨두고 그분 말씀대로 조심히 산에서 내려왔다.

아침부터 남편이 "살아있는 것만으로도 성공한 삶"이라는 말을 아이에게 해준다. 맞는 말이다. 살아있음으로 모든 것이 시작된다. 살아있음에 감사하다. 이처럼 감사할 것은 아주 기본적인 것에 있다. 그래도 아직은 아침에 일어나면서 빙그레 웃음 짓기는 힘들다. 아침에 일어나 잠시

손을 모으고 세상 모든 만물에 감사기도를 하면서도 그 마음을 웃음으로 만들기는 아직 버거운가 보다. 이 정도도 얼마나 발전된 것인가. 나 역시도 오늘 산에서 보았던 그분처럼 모든 것으로부터 죄책감을 가질 필요가 없다. 늘 내가 가장 친절할 사람은 그 누구도 아닌 나이기에.

도착했습니다 *

잘 기억나지 않는다, 몇 살 때였는지. 20대 후반쯤 됐으려나. 아는 이로부터 동국대에 틱낫한 스님이 오셔서 걷기명상을 한다는 소리를 들었다. 그때 틱낫한 스님을 어떻게 알고 있었는지 모르지만, 어떤 이끌림으로 그 행사에 함께하고 싶어서 동국대에 처음 갔다.

틱낫한 스님은 체구가 몹시 작았다. 목소리 역시 크지 않고 부드러웠던 것으로 기억하는데, 체구나 목소리보다 더 인상적인 것은 스님의 발걸음이었다. 그때는 처음 듣는 걷기명상보다 평화운동가로 세계적으로 유명한 틱낫한 스님을 저만치에서라도 한번 뵙고 싶은 마음이 컸다. 그런데 어찌 된 일인지 인사말을 할 적에는 얼굴마저 흐릿한 거리에 있었는데, 걷기명상을 할 적에는 스님과의 거리가 놀랍도록 가까워졌다.

그날의 걷기명상은 스님의 발걸음처럼 따라 걸었는데, 한 걸음 한 걸음이 어찌나 느리던지 그 발걸음에 억지로 맞추다가 넘어질 뻔하기도 했다. 하지만 몇천 명이 스님의 발걸음에 맞춰 아기가 처음 발을 뗄 때처럼 온 마음을 다해 걷는 일에 집중한 순간만큼은 지금도 잊을 수가 없다.

　스님이 세우신, 발음도 예쁜 '플럼 빌리지(자두 마을)'라는 명상센터에 언젠가는 꼭 가보고 싶었는데, 온 세상 사람들의 몸과 마음을 다독이시던 틱낫한 스님이 오늘 입적하셨다는 소리를 들었다. 대한이 지나 날이 조금 풀리려나 싶었는데, 하늘이 깜깜한 이유가 있었다. 스님은 평소 걷기명상을 할 때 "땅에 입맞춤하듯 걸으라."고 하셨다.

• '도착했습니다'라는 제목은 틱낫한 스님의 책 《틱낫한의 걷기 명상》 중 제목을 인용했습니다.

산책의 기술

"아침이면 어딜 그렇게 가시는 거예요?"

"아, 산책이요."

"매일요?"

"네, 거의 그렇죠."

"와, 엄청 부지런하시네요."

"아니에요. 일어나서 눈곱만 떼고 가요."

아이가 초등학교 들어갈 무렵부터 시작한 산책인데, 이제 매일 마주치는 얼굴들로부터 가끔 이런 질문을 받기도한다. 더불어 아침이면 산책을 하는 나를 두고 부럽다며 자신도 아침마다 산책하고 싶은데, 도대체 어떻게 해야 하는지 무슨 특별한 방법이라도 있냐고 물어온다.

음, 그럴 때면 다시 한번 생각해 본다. '산책하는 방법? 나에게 산책하는 기술이라도 있는 걸까? 눈곱만 떼고 모자 쓰고 물 한 병 들고 나오는 것 정도려나?' 그래서 이렇게 얘기하면 눈곱만 떼고 어떻게 밖을 나오냐, 자신은 씻지 않고 밖에 나올 수가 없다거나 자신은 도통 모자가 어울리지 않는다고 핑계 아닌 핑계를 댄다.

그러면 그런 사람에게는 더는 말을 하지 않는다. 어차피 산책하는 방법 따위는 없거니와 내가 생각하는 산책과 그 사람이 생각하는 산책이 다르기에 구구절절 설명해 봤자 안 할 게 뻔하기 때문이다. 뭐든지 마음이 동해야 하는 법이다. 그러기 전에는 그야 말로 소귀에 경 읽기다.

그래도 여기서 내가 생각하는 산책과 산책의 기술이 무엇인지 잠깐 얘기해 보자. 산책(散策). 한자로는 '흩뜨릴 산'자에 '꾀 책'으로 꾀나 전략을 흐트러뜨리는 것이고, 영어로는 'Walk', 'Stroll'이란다.

우리 출판사 대표 작가이기도 한 우리말지킴이 최종규 작가님은 내가 산책책을 쓴다고 하니 이미 많은 이들이 산책이라는 한자로 책을 냈기에 산책보다 '마실'이 어떠냐고 넌지시 물어 오신 적도 있다.

여하튼 이런 산책과 걷기가 다르고 여행이 다르다. 내가 생각하는 산책이란 무엇보다도 마음이 여유로워야 한다. 아니면 그런 마음을 얻고자 하는 행위다. 이렇게 말하니 지금껏 해왔던 산책 중 머릿속에 떠오르는 산책이 하나 있다.

서른 전 백수 때였던 것 같다. 누구에게는 아주 사소하지만 나에게는 큰 문제로 회사를 그만두고 고향 집에 내려와 몸과 마음을 달래던 때. 알람과 마감이 없는 생활을 며칠 한 후 아침이면 지지배배 우는 새소리와 맑은 햇살로 눈을 뜨니 몸과 마음에도 햇살이 들어오는 것 같았다. 그러던 어느 날, 엄마가 외출하시고 온 집안이 조용해지자 슬슬 밖으로 나가고 싶은 마음이 들었다.

언젠가 언니들이 사 놓았지만 엄마는 쓸 리 만무한 커피잔에 보글보글 뜨거운 물을 끓여서 인스턴트 커피 몇 알을 넣고 한 손에 커피잔을 들고 슬리퍼를 끌며 대문도 없는 집을 나섰다.

계절은 기억나지 않지만 그래도 추운 겨울은 아니었으리라. 정말 이상하게도 직장에 다닐 때는 늘 여름에 사표를 냈으니 여름에 가깝지 않을까 싶다. 지금도 그렇지만 나에게 여름은 어떤 일을 결말짓는 때였나 보다.

초록초록한 동네 길들을 처음 걷는 듯 슬리퍼를 끌며 천천히 동네 동산 쪽으로 발걸음을 옮겼다. 무엇을 봤는지 어떤 사람을 만났는지도 기억나지 않는다. 하지만 그때의 느낌, 어떤 것을 바삐 해야 하고, 어떤 시간에 맞출 필요가 없는 그 느긋함이 기억난다.

산책의 기술이 있다면 이런 것 아닐까? 이렇게 어떤 것에 쫓기지 않는 마음, 이 마음이 있다면 늙어 죽을 때까지

이 여유로움을 즐길 수 있으리라.

이 순간이 특별할 뿐입니다

뚝 뚝, 매트에 땀방울이 떨어진 지 오래다. 거칠어진 호흡으로 안경마저 뿌옇다. 이제 머릿속으로는 '그래, 몇 동작만 하면 끝이야' 하고 외치고 있었다. 오늘은 수요일, 오체유법2와 육로를 하는 날이다. 오체유법2는 팔, 다리, 머리, 배 등을 유연하게 하는 선체조인 오체유법1의 업그레이드 버전이란다.

그런데 해도 해도 늘지 않는 이 느낌은 뭘까? 오늘도 맨 마지막 동작을 완성하지 못했다. 하지만 딱 하나 알게 된 점이 있다. 내가 팔, 심지어 손힘이 아주 약하다는 사실이다. 아무래도 현대인들은 손으로 무거운 걸 들 일이 없기에 그런 듯하다. 이름만 알고 나를 처음 본 사람들은 여자임에 놀라고(이정하라는 이름이 남자 이름이라고 생각해 본 적은 없지만, 사용하는 사람들 대부분이 남자여서 그런가 보다.) 두 번째는 생긴 것에 비해 힘이 없다고 놀란다.

아무래도 힘은 하는 일과 관련 있다는 걸 도장 선배인 S님을 통해 깨닫는다. 식당을 운영하는 S님은 나와 띠동갑

내가 좋아하는 것들, 산책

스토리닷

이고 몸집도 우리 딸아이만 한데, 어디서 그런 힘이 나오는지 동작을 할 때마다 신기하다. 선무도 나보다 6개월 정도 늦게 시작했지만 3단을 나보다 6개월 먼저 땄다. 그렇게 할 수 있었던 이유 중 하나는 나보다 한 발 한 발 더 꾸준히 수련했기 때문이리라.

"깊은 호흡, 몰입으로 똑같은 동작이라 생각되는 그 동작에서도 새로움을 찾으세요. 일상도 마찬가지입니다. 자고, 먹고, 씻고 그 어느 것 하나 중요하지 않은 게 없어요. 그 속에서 새로움을 찾으시길 바랍니다. 특별함은 다른 곳에 있지 않아요. 바로 지금 이 순간이 특별할 뿐입니다."

안 그래도 오늘 수련을 하면서 동작마다 집중하라는 법사님 말씀에 왜 그렇게 집중하라는 걸까 생각했는데, 차담을 하시면서 우리의 수련법은 지관 수련법이며 그것은 고도의 사티(집중)를 발달시키는 것이라 하신다.

집중. 나를 포함한 현대인들은 집중을 잘 못한다. 밥을 먹으면서도 뭔가 보고 듣고, 잘 때도 푹 잠들지 못하고, 일할 때도 이것저것 산만하기 그지없다. 무엇을 하든 온전한 시간이기를 바란다. 오늘도 그런 하루이길.

2월

찬바람을 가르며 봄바람을 기다리다

산책하는 시간

동네 앞산 산책로에 나무 바닥 길이 깔리고 정자에다 전
망대까지 생겼다. 코로나로 어디 다니기 어려운 때에 이제
그곳이 우리 동네에서 해돋이를 가장 잘 볼 수 있는 자리라
는 둥, 동서남북 주변 산을 모두 볼 수 있는 뷰 명소라는 둥
소문이 자자하다.

하지만 나는 예전의 자연스러운 산책로가 더 좋은데 왜
굳이 돈을 들여 인위적으로 꾸미는지 모르겠다 툴툴대며,
곧잘 가던 그곳 앞산을 산책 코스에서 뺀 지 오래다. 하긴
그렇게 생각하게 된 이유 중 하나는 조용한 산책로이길 바
라는 곳에서 도서관을 짓는다고 하루가 멀다 하고 공사 중
이기 때문이다. 숲도서관을 표방하면서, 짓는 과정은 전혀
숲도서관스럽지 않은 것도 한몫했다.

대신 시간이 애매할 때나 앞산 산책로 부근 커피숍에 가
고 싶을 때만 그쪽으로 산책하러 나가곤 한다. 오늘도 그
놈의 늦잠으로 아침 산책을 하지 못했다. 나이 들면 아침
잠도 줄어든다던데, 나는 왜 반백 살이 돼도 아침잠이 줄어

들지 않는가. 생각해도 답이 없다면 그러려니 이제 포기하는 법을 안다. 점심을 먹고 일을 본 다음 저녁을 준비하기 위해 장을 보려고 집을 나서다가, 한 바퀴 돌고 장을 봐도 되겠다 싶어 앞산으로 방향을 틀었다.

해도 날도 짧은 2월. 해가 벌써 뉘엿뉘엿 서쪽으로 지려 하는데도 이 시간을 즐기러 나온 사람이 생각보다 많았다. 나처럼 늦잠 자는 사람들이 이리 많은 걸까? 함께 나온 강아지들도 아직 풀도 자라지 않은 곳에 킁킁대며 냄새를 맡고, 어떤 아이는 신이 나서 흙먼지를 폴폴 날린다. 강아지만큼 귀여운 아가들도 엄마 아빠 손을 잡고 나왔다. 엄마 아빠랑 똑같이 색만 다른 비니를 쓴 아이를 보며, 나도 어울리지 않는 비니를 쓰고 싶다는 생각까지 했다.

가족끼리 산책 나온 모습을 보니 우리 집 코딱지 씨 생각이 났다. 코딱지 씨도 지금보다 어렸을 때는 엄마가 어디를 가면 꼭 자기도 간다며 따라다니곤 했는데, 이제는 겨울이면 춥다, 여름이면 덥다며 싫다고 한다. 그러니 산책하러 가자고 열 번을 얘기하면 예닐곱 번은 딱지를 맞는다. 그래, 이것도 이젠 그럴 때가 됐으니 그러려니 한다.

산책을 마칠 무렵, 회색빛 하늘에서 하얀 눈이 폴폴 내리기 시작한다. 맞다. 오늘 일기예보에서 저녁 무렵부터 눈이 온다고도 했던 것 같다. 오늘 저녁밥은 어묵탕을 끓일까? 코딱지 씨가 좋아하는 맵지 않은 떡볶이도 함께? 내일 소복소복 눈이 쌓이면 그 언젠가 코딱지 씨가 그린 눈꽃을 다시 그려달라고 해 봐야겠다.

　지금도 기억난다. 언젠가 '엄마는 이렇게 하고 놀았어.' 하고 한 번 보여줬는데, 이젠 예쁘게 눈이 쌓일 때마다 눈꽃 그림을 그려주곤 한다. 산책하는 시간으로 옳은 시간은 없다. 제일 좋을 때란 그냥 한번 해볼까, 하는 때다.

가볍게 살고 싶다

새해를 맞이한 지 한 달쯤 지난 2월쯤에서야 새해가 됐다는 느낌이 든다. 언제부터인가 새해 목표라는 걸 거창하게 세우지 않게 됐다. 그 이유는 말하지 않아도 다들 알 듯이, 거창한 계획일수록 지키기 어렵기 때문이다. 대신 아직도 소소한 계획들은 세워 본다. 그중 하나는 전 국민의 새해 목표쯤 되는 다이어트.

지난해는 올해면 오십이 된다는 생각이 컸나 보다. 오십에 맞춰 체중을 줄여보고 싶었다. 마침 내가 아주아주 중요하게 생각하는 선무도 3단 시험도 있었다. 점프 같은 고난도 동작도 있으니 좀 더 가볍게 시험에 응하고 싶은 마음이 컸다. 하지만 이게 욕심이었나 보다.

30도가 넘는 한여름에도 거의 하루도 빠지지 않고 아침마다 산으로 갔다. 이게 내 몸을 살리는 일이 아니라 몸을 축내고 있는 일이라는 것을 어느 날 책쓰기 강의를 끝내고 나서 알았다. 평소처럼 점심밥을 먹으러 걸어가는데 그날따라 살짝 어지러웠다. 날이 너무 덥나 싶었다. 그도 아니면 열대야로 잠을 충분히 자지 못해서 그러나 했다. 그런데 점심밥을 먹고 나서는 더 어지러워 옆에 있는 사람이 나를 좀 부축해줬으면 하는 생각이 들었다.

그런 일이 한 번도 없었기에 놀란 마음에 병원 진료로 며칠 동안 병원을 왔다 갔다 했다. 결국, 그럴 리 없겠지만 뇌에 이상이 없다는 걸 확인해야 마음이 놓일 것 같다는 의사 선생님 말씀에 MRI도 찍었다. 결과가 나오기 전까지 얼마나 마음을 졸였던지, 이제 무리한 다이어트는 절대 하지 않기로 했다.

그러면서 다이어트란 말을 좀 생각해 봤다. 다이어트는 몸에만 해당하는 것이 아니라 욕심 많은 마음도 다이어트가 필요하다. 그러면서 자연스럽게 얼마 전 본 한살림 장보기 소식지에 실린 권포근 님의 '겨울에 먹는 묵은 나물 한 그릇이 약'이란 글이 마음에 와닿았다.

"오늘날 우리는 사시사철 기름진 것과 단 것을 지나치게 많이 섭취해 숱한 병을 달고 살지 않던가. 어떤 음식을 먹든 몸을 가볍게 하는 음식이 최상의 음식이다. 옛사람들이 말한 것처럼 이런 음식은 곧 약이다. 약은 멀리 있지 않다. 인공이 덜 가미된, 담백하고 정갈하고 정성을 들인 음식이 우리 몸을 살리는 약인 것이다."

마음의 환기

오늘 아침 라디오 방송에서 들은 '마음의 환기'라는 말이 마음에 남는다. 정리정돈 컨설턴트 인터뷰 내용이었는데, 내게는 집이나 물건 정리도 필요하지만 사람이나 마음을 정리해서 마음을 환기해야겠다는 생각이 들었다.

그 정리정돈 컨설턴트가 말하길 "정리가 안 된 집에 가면 제일 먼저 환기가 안 돼서 냄새가 나고, 여기저기 쓰레기가 쌓여 있어요. 그래서 왜 이렇게 됐냐고 물으면 늘 남 탓을 하더라고요. 한꺼번에 정리정돈을 하려면 힘이 들어요. 그러니 규칙을 정해서 매일 조금씩 하는 게 좋아요."

《청소 시작》. 어제 거의 한 시간 반 정도 들여서, 오랜만에 줄 팍팍 치며 다 읽은 책이다. 일본 자기계발서여서 비교적 호흡이 짧고 그림이 중간중간 들어가 있어서 쉽게 읽혔다.

올해 목표 중 하나는 규칙을 완성하는 것이다. 규칙 중 하나는 청소도 포함돼 있다. 그래서 읽어 본 책인데, 불교에서는 청소를 그저 쓸고 닦는 게 아니라 마음 청소란다.

마음에 와닿았던 차례를 옮겨 보면, 청소는 마음 닦는 일, 청소와 함께 시작하는 아침, 가장 먼저 해야 하는 일 환기, 부엌은 깨달음을 얻는 자리, 화장실 더럽히지 않는 배려, 욕실 마음의 때를 벗기는 곳, 옷 정리 미룰 수 없는 계절의 흐름 등이다.

하루 습관표를 만들어서 생활한다는 모 책방 대표는 최근 추가한 습관으로 아침 3분 청소를 들었다. 아침에 일어나서 창문을 열고, 환기하고, 물을 마시고, 이부자리를 정리하고, 체중을 재고, 거실로 이동해서 알람으로 3분을 맞춰 두고 청소를 한다고.

나도 이렇게 한번 해보고 싶어서, 10분을 맞추고 청소를 해보았다. 내일 아침부터는 나도 이 책방 주인장처럼 5분 알람을 맞추고 청소해 봐야겠다.

하기 싫은 일, 잘 못하는 일

지난 1월은 무엇 때문에 바빴는지 수련일지도 못 쓰고 넘어갔다. 어제 법사님께서 말씀하신 것처럼, 하루빨리 밥 먹듯 자연스럽게 매일 수련하는 그날이 와야 할 텐데 말이다.

1월에 수련일지를 쓴다면 꼭 쓰고 싶었던 게 있었다. 바로 지대체(地大體) 중 '동'에 관한 것이었다. 지대체란 물질의 네 가지(지(地), 수(水), 화(火), 풍(風)) 구성요소 중 흙에 속하는 개념으로 총 10개의 동작으로 구성돼 있는데, 언젠가 수련 중 지대체 중 동(動, 손끝이 가슴 앞에서 마주해 상체를 우측으로 약간 틀었다가 반동을 이용해 360도 회전을 하는 동작)을 하다가 옆으로 넘어진 적이 있어서 그 후로는 법사님께서 동만 하라고 하면 덜컥 겁이 났다. 뭐 옆으로 넘어진다고 해도 다칠 가능성은 0.1퍼센트도 안되지만, 그래도 왜 그런지 주저하게 된다.

해서 법사님께 동을 하다가 넘어진 적이 있어서 동만 하려고 하면 괜히 무섭다고 하니, 그럼 처음으로 돌아가서 1/4 바퀴 돌기, 1/2 바퀴 돌기를 한 다음 한 바퀴 돌기를 하라고 하셨다. 그러면서 마음속으로는 돈다고 생각을 하지 말고, 양손을 힘차게 저어서 몸에 붙이고 몸을 위로 띄운다는 생각으로 해보라고 하셨다.

와, 그런데 신기하게 법사님께서 하라는 대로 하니 가볍게(?) 됐다. 어제 유단자 수련에서도 지대체 동, 정을 하라고 하실 때 내심 걱정이 됐는데, 완벽하게 되지는 않았지만 그래도 옆으로 튕겨 나가지 않았다. 휴, 다행이다 싶었다.

삶도 마찬가지인가 보다. 어떤 것을 할 때 잘 안 되면 하기 싫어지고, 그 마음이 쌓여서 '나는 할 수 없어'라는 생각이 드니 말이다. 그러니 하루하루가 선무도 수련이라 생각하고 하기 싫은 일, 잘 못하는 일을 매일 조금씩 해가야겠다.

"조금씩 5분 만이라도 해봐요. 저도 원래부터 물구나무를 선 게 아니에요. 넘어지고 넘어지다가 어느 순간에 되더라고요. 정말 신기해요."

같이 선무도 수련을 하고 있지만, 다른 어떤 것도 잘 맞지 않는다 생각되는 J의 너무 부러운 이야기다. J가 가끔 도장에 먼저 도착해 자연스럽게 혼자서 요가의 왕이라는 물구나무를 서고 있는 모습을 볼 때마다 '우와, 진짜 법사님 말대로 나와 다른 DNA가 J에게 있나?' 하는 생각이 든다.

하긴 내가 선무도를 이 정도로 하게 된 것도 얼마나 대단한가. 3단 시험을 앞두고 법사님이 "여러분도 정하 님이 정말 많이 발전한 거 보이시죠? 본인은 느껴지나요? 꾸준함이 지금과 같은 정하 님을 만든 거예요. 처음에는 말도 마세요. 팔, 다리가 따로 놀았어요. 그런 사람이 이제 3단 승단 심사를 앞두고 있어요. 선무도를 가르친 제가 다 뿌듯합니다." 하고 말씀할 정도이니 말이다.

올해 소소한 계획 중 물구나무서기도 포함했다. 얼마 전 도장에서 물구나무서기를 잘할 수 있는 동작 몇 가지를 배웠다. 다리를 위로 차면 처음엔 통나무처럼 무거웠던 다리가 무안하게 큰소리로 쿵 하고 떨어지곤 했는데, 한 주가 지나고 두 주째가 되니 이제 위로 찼던 다리 떨어지는 소리가 처음보다 크지 않다. 이렇게 한 달만 지나면 나도 물구나무서기를 할 수 있을까? 잘하지 못하고, 하기 싫은 것을 하게 만드는 힘은 꾸준함에서 나온다.

봄

·

자연처럼 살고 싶다

3월

봄기운을 느끼며 걸어 보는 요즘

생강나무일까? 산수유일까?

아주 오랜만에 아침 산책을 다녀왔다. 개나리 비슷한 노란 꽃과 생강나무인지 산수유인지 잘 구분이 안 가는 나무도 보고 지지배배 노래하는 새소리도 들었다. 꽃 이름은 검색할 때만 기억했다 또 금세 잊어버려서 새로 만나면 이아이가 이 아이인가 헷갈린다. 벌써 봄이 왔다 싶다가도, 아직 춥구나 싶은 날씨. 이제 겨울옷은 정리해서 세탁소에 맡길 것은 맡겨야겠다 싶지만 종종 3월에도 눈이 오기에 날을 잘 잡아야 한다.

계절은 소리 먼저 바뀌는지, 아침에 눈을 뜨면 차 소리, 공사하는 소리 대신 떼떼구르르, 짹짹짹, 초초 노래하는 새소리가 들린다. 이런 아침은 10분 먼저 잠이 깨는 듯하다. 새소리를 들으면 그 소리가 얼마나 다양한가 놀라며, 언젠가는 소리를 언어로 다 담아 보고 싶은 생각이 들기도 한다.

고향 집이나 여행지에서 눈을 뜰 때도 다른 것이 아닌 소리에 놀란다. 이런 이야기를 하고 있자니 그 언젠가 본 〈안경〉이란 영화가 떠오른다. 영화 제목이 안경이라니

참 특이하다 생각했고, 이 영화가 〈카모메식당〉을 연출한 감독이 만든 영화라는 것에 또 한 번 놀랐다. 〈안경〉에서도 주인공 타에코(코바야시 사토미 역)가 아침에 눈을 뜨는 과정이 꼭 지금과 같다.

사쿠라 역의 모타이 마사코가 타에코에게 "아침에 깨워 드릴까요?" 하고 묻는다. 그러자 타에코는 "아뇨."라고 말한다. 그래서 아침이 돼도 깨우지 않고, 점심이 돼도 타에코가 밥을 먹으러 나오지 않자 사쿠라가 타에코 방에 들어가서 조용히 커튼을 열고 곁에 말없이 앉아 있는다. 그래서 햇살과 바람 소리가 얼핏 타에코 방에 들었을까? 그러자 타에코가 부스스 일어나 아침을 맞는다.

나 역시 알람 없이 눈을 뜨고, 평소보다 조금 늦게 아침을 먹고, 책 주문을 받고, 일을 조금 하다가 점심을 먹은 후 긴 산책을 하며 바람이 어떻게 바뀌었는지, 나무와 풀에 봄기운이 얼마만큼 올라왔는지 만져 보고, 냄새 맡고, 걸어 보는 요즘. 나의 삶에 여유 한 숟가락 더 넣고, 조바심을 한 숟가락 빼고 싶은 날이면 산책을 끝내고도 아쉬움이 생겨 집으로 가는 걸음을 살며시 늦춰 보곤 한다.

산책하러 가면 하는 일

오늘도 선무도 수련을 하고 왔다. 선무도를 한다고 하면 사람들이 선무도가 어떤 거냐고 묻는다. 선무도란 선요가, 기공, 무예를 한번에 할 수 있는 우리나라 전통 수련법이다. 산책 이야기를 해야 하는데, 선무도 이야기부터 나왔다. 하긴 산책을 이렇게 열심히 다니게 된 이유 중 하나도 선무도 때문인데, 또 이 이야기를 하려면 바야흐로 6년 전으로 거슬러 올라가야 한다.

아이가 초등학교에 막 입학했을 때였다. 서울에서 가장 위험한 것은 차와 사람이다. 아이가 다니는 초등학교 앞에는 아이들을 위해 육교가 설치되어 있지만, 차가 쌩쌩 다니는 8차선 도로를 건너야 한다. 게다가 학교는 거의 등산을 해야 교문을 만날 수 있다. 나의 산책은 아이를 학교에 데려다주고 산에 올라온 김에 한 바퀴 돌고 가야겠다는 심산으로 시작됐다.

500미터 안에 있던 어린이집을 9시까지 데려다주는 것에서 아침 8시 45분까지 보폭도 좁은 아이를 어르고 달래서 산 입구까지 데리고 가는 일은 쉽지 않았다. 늦은 나이에 결혼해 아이를 낳은 덕에 체력을 더 길러야 했다. 마침 다니던 직장을 그만두고 내 일을 시작한 터라 시간에 구애받지는 않았기에 아이를 학교에 데려다주고부터는 거의 나 혼자만의 시간을 누릴 수 있었다.

그 자유를 더 극대화하기 위해 학교 근처 커피숍에서 산책길에 나서기 시작했다. 집 근처에 있는 산인데도 자주 와 보지 않아서 갈림길이 나오면 이 길로 갈까 저 길로 갈까 망설여졌다. 다행히 깊은 산이 아니어서 동네 사람들로 보이는 이들에게 길을 물어보곤 했다.

그렇게 하루, 이틀, 사흘, 나흘, 닷새. 어떤 날은 아이를 데려다주고 또래 엄마들을 만나 수다를 떨며 산책을 하기도 했다. 하지만 많은 말은 후회만 생기고 여행은 혼자 하라는 말이 있듯이, 산책도 혼자 해야겠다는 생각이 조금씩 싹트기 시작했다.

그때였다. 산책에 함께하는 음료가 커피에서 물 한 통으로 바뀌기 시작한 때가. 물론 커피도 포기하지 않았다. 산책 후 동네에 다다라서는 내가 좋아하는 커피숍에 들렀다. 더불어 그즈음 산책 막바지에 있는 다리에서 선무도 동작들을 하나씩 해 보기 시작했다. 처음에는 사람들이 오기도 하고, 보는 것도 부담스러웠는데 하다 보니 짧은 몇 동작을 하기에는 평평한 나무 바닥이 딱 좋은 곳이었다. 그래서 이름도 지었다. 선무도 다리. 그곳에서 선무도 육로와 선무도 2승형 후반부를 제일 많이 했던 것 같다.

육로는 기공에 가까운 수련이어서 천천히 하니 멀리서 보면 조금 멋있어 보였나 보다. 한번은 어떤 분이 멀리서 내가 하는 걸 지켜봤는지 다리를 지나가면서 그건 어떤 운동이냐고 물어오셨다. 그래서 그분과도 선무도에 대해 조금 이야기를 나누기도 했다.

산책이라는 공통분모를 갖고 있기에 산책하며 만나는 사람은 도로에서 만나는 사람들보다 훨씬 친근감이 느껴진다. 가끔 산책하면서도 길에서 마주치면 경쾌하게 "안녕하세요?" 하고 인사를 하는 분들도 있다. 그러면 나도 어색하게 "안녕하세요?" 하고 대답하곤 한다. 동물 좋아하는 사람 치고 나쁜 사람 없다는 말이 있다면 이젠 산책 좋아하는 사람치고 나쁜 사람 없다는 말을 만들어야 하지 않을까 싶다.

하여튼 나는 산책하러 가면 언제부턴가 마무리로 선무도를 한다. 앞산에 선무도 다리가 있다면, 뒷산엔 작은 운동장만 한 선무도 도장이 있다. 난 부자다.

가장 평화로운 시간

"여러분들은 하루 어느 정도 앉아 있나요?"

"15분 정도요."

"30분 정도요."

"저는 아직 못하고 있어요."

"그렇게 하면 여러분이 얻고자 하는 걸 언제 얻을지 몰라요. 어쩌면 얻을 수 없을지도 모릅니다. 가능하신 분들은 좌선 시간을 늘려 보세요. 그리고 2단, 3단 승단을 준비하려는 분들은 하루 중 언제라도 무조건 앉아야 해요."

그때부터였을까? 하루 중 '언제라도'를 고민하다 아침보다 저녁을 택했다. 처음에는 기도도 그랬지만, 내가 무슨 도사(?)라도 된 듯 좌선 자세를 하고 앉아 있는 게 정말이지 어색했다. 이렇게 하는 건지 아닌지 하며, 좌선하는 동안 움직이지 않고 집중할 수 있는 자세를 잡는 것에도 꽤 오랜 시간이 걸린 것 같다.

그러다가 자기 전 짧게 기도를 올리고 좌선인지 명상인지 모를 좌선을 하게 됐다. 집안의 모든 불을 끄고 잠자리에서 좌선 자세를 잡고 눈을 감고 있자니 어떤 때는 자정이 넘어가는 시간이 되기도 했다. 그럴 때면 익숙한 집안이지만 내가 지금 뭘 하는 건가 하는 생각에 어색해서 눈을 조금 뜨고 하기도 했다.

무릎 위에 올려놓는 손도 이렇게도 하고 저렇게도 해봤다. 그럴 때마다 조금씩 다른 느낌이 들어서 좌선할 때 손 모양(수인)이 중요한가 싶어 여기저기 알아보기도 했다. 하지만 좌선이든 명상이든 척추를 반듯하게 세우고 호흡만 바라보면 그 나머지 것들은 어떻게 해도 괜찮다는 걸 알게 됐다.

이제는 피곤하든 피곤하지 않든, 무슨 일이 있든 그렇지 않든 매일 자기 전에는 짧게라도 기도와 명상 시간을 갖는다. 그런 시간이 꽤 지나자 처음 명상을 할 때면 늘 나타나던 여러 가지 현상들이 사라졌다.

더불어 명상이나 좌선이 이런 기이한 느낌이나 체험을 하려고 하는 것이 아닌 줄 알게 됐다. 그저 지금은 하루를 조용히 정리하며 출판사 대표로서 나, 아내로서의 나, 엄마로서의 나, 며느리로서의 나, 막내딸로서의 나에서 벗어나 그저 나와 만나는 시간이 되었다.

지금은 선무도도 좋지만 좌선이 참 좋다. 아침에는 세상 모든 이들에게 감사하며 기도하고(나도 이렇게 될 줄 정말 몰랐다) 자기 전에는 호흡하고 좌선에 들어간다. 나에게는 하루 중 가장 평화로운 시간이다.

오늘부터 산책 시작

글쓰기나 책쓰기 강의를 할 때, 글 쓰는 습관을 들이려면 매일매일 쓰는 게 중요한데 그러면 자신만의 글쓰기 장소나 리추얼(의식)을 가져 보는 것도 좋고, 무엇보다 같은 시간에 같은 분량만큼 쓴다면 글쓰기에 도움이 된다고 말하곤 한다. 그러기 위해서 알람을 이용하는 것도 한 방법이고, 혼자 알람을 맞춰서 하기 어렵다면(무시할 수 있으니) 여럿이 함께 같은 시간에 다른 공간에서 글을 쓰는 것도 한 방법이라 얘기하기도 한다.

집에서는 자꾸 늘어지니 나 역시 이 글을 가까운 커피숍에 와서 쓰고 있다. 알람은 아침에 일어날 때만 맞추는 게 아니다. 청소든 책읽기든 글쓰기든, 하기 싫고 하기 힘든 일에 알람을 설정하자. 물론 산책도 하기 어려운 일 중 하나라면 알람 시간을 정해서 해도 좋다.

하지만 원래 산책이라는 것이 한없이 느긋한 마음을 느끼고자 하는 일인데, 이렇게 알람 시간까지 정해서 한다면 그건 산책일까, 일일까? 그래도 정 산책을 하고 싶은데 매번 하는 것을 까먹거나 자꾸 미루는 사람이라면 습관이 될 때까지 알람을 설정해 두고 짧게라도 산책하기를 권한다. 하다 보면 산책을 하지 않을 때보다 훨씬 몸과 마음이 좋아 짐을 느끼게 될 것이다.

더불어 산책하러 나가는 자신을 스스로 응원하는 차원 에서 산책 전후에 자기가 좋아하는 것을 겸해도 좋다. 나 역시 처음에는 아이가 "엄마는 커피 마시러 산책하러 가는 거지?"라는 말을 할 정도로, 산책 후 좋아하는 커피숍에 들 러 오늘도 산책한 나를 스스로 쓰다듬어주며 맛난 커피 한 잔을 하는 맛으로 산책하곤 했다.

그렇게 즐겁게 하루 이틀 사흘 나흘 하다 보면 계속할 수 있다. 책을 오늘 읽으면 내일도 읽고 싶고, 운동도 오늘 하면 내일도 하고 싶듯 산책도 오늘 하면 대부분 내일도 하 고 싶어진다. 그런 일이 반복되면 산책하는 일상이 만들어 진다.

어떤 이는 말한다, 산책할 만큼 삶이 여유롭지 못하다 고. 그런 이들에게 나는 답한다. 여유를 만들려고 산책을 한다고 말이다. 오늘부터라도 별 이유 없이 휴대전화를 붙 잡고 있는 시간에, 혹은 점심을 먹고 짧게라도 산책을 해보 라. 몸과 마음에 생각지 못한 커다란 여유가 생길 것이다.

4월

맑게 세수하고 나온 아이 같은 잎사귀와 꽃잎

풀꽃도 참 예쁜 요즘

며칠 날씨 탓을 하며 아침 산책을 하지 못하다가 오늘은 조금 늦게 다녀왔다. 바람이 너무 불어서 날아갈(?) 뻔했지만, 무사히 산책을 마쳤다. 산책길에도 나뭇가지들이 툭툭 끊어져 떨어져 있었는데 그걸 보면서 드는 생각은 '지금 부는 바람은 나무들이 더 튼실히 자라도록 가지치기하는 게 아닐까?' 하고 내 마음대로 생각했다.

집으로 돌아오는 길, 애기똥풀이 눈에 띄어 사진으로 남겨 놓았다. 어렸을 때는 이 풀꽃을 꺾어서 매니큐어랍시고 손톱에 칠하며 놀기도 했는데, 나중에 커서 알고 보니 이 애기똥풀은 독성 식물이지만 한방에서는 진통제로도 쓴다고 한다.

요즘은 풀꽃도 참 예쁘다. 그런데 왜 어렸을 땐 눈만 뜨면 보이던 녹색을 그렇게 싫어했을까? 그때 나는 커서 이 녹색이라곤 하나도 없는 회색빛 가득한 도시로 가고 싶다 생각하곤 했다. 그러면서도 바로 위 네 살 터울 오빠와 남자아이처럼 산으로 들로 나가 놀기 바빴던 그때, 봄 여름

가을 겨울 사시사철, 어쩌면 그렇게 놀 게 많았던 걸까. 지금 생각하면 왜 그랬는지 모르겠는데, 봄이면 무슨 의식처럼 두꺼운 털 바지를 벗고 치마를 입고 손에 바구니와 조그만 칼을 들고 동네 양지바른 곳으로 가서 쑥을 캐곤 했다. 처음엔 쑥보다 풀을 더 많이 뜯어 와서 엄마가 내가 고생해서 뜯어온 풀을 토끼에게 줬던 기억이 난다.

여름이면 눈을 뜨자마자 매미채를 들고 뒷산으로 갔다. 더위가 올라오면 점심 무렵부터는 집으로 가서 더위를 피해 등목을 하루에도 두어 번은 하며 책을 읽던 기억이 나고 그러다가 저녁 무렵에는 옥수수를 먹거나 무서워서 아버지 다리를 잡고 TV로 납량물을 보기도 했다. 겨울에는 비료포대를 들고 또 뒷산으로 갔다. 지금 시골에 가면 아직도 어릴 적 비료포대를 깔고 신나게 눈썰매를 타던 곳이 남아있는데, 어렸을 적엔 그렇게도 높았던 곳이 지금은 언제 저렇게 낮아졌나 하는 생각이 든다.

지금도 계절이 변할 때면 이때는 뭐 하고 놀았는데 하는 생각과 함께, 이런 추억 하나 없는 아이에게 시골을 선물해주지 못해서 미안할 때도 있다. 대신 엄마의 여름방학이나 겨울방학 얘기를 시골 가는 기찻길에서 들려주곤 한다. 그러면 눈을 반짝반짝하며 듣곤 하는데, 엄마의 어렸을 적 이야기를 이 아이만 이렇게 좋아하는 것인지, 아니면 모든 아이가 이렇게 엄마의 어린 시절 이야기를 좋아하는지 궁금할 뿐이다.

비 오는 날 산책을 별로 안 좋아한다는 이도 있겠지만, 어떻게 보면 산책과 날씨는 아무런 관계가 없다. 비가 오면 비가 오는 대로, 눈이 오면 눈이 오는 대로, 아침이면 아침대로, 저녁이면 저녁대로 그 맛이 있다.

"날이 좋아서, 날이 좋지 않아서, 너와 함께한 모든 날이 좋았다." 드라마 <도깨비>에 나오는 대사처럼 나 역시 산책하는 모든 날이 좋았다. 비가 올 때 산책하러 가면 무슨 청승이냐고 하는 사람도 있던데, 비가 오는 양에 따라 다르지만 비가 온 후에 하는 산책이야말로 산책을 좋아하지 않는 사람도 점차 좋아하게 될 날씨다. 커피로 따지면 좀 넓은 커피잔에 약간은 분위기로 마시는 라테 같은 느낌이랄까?

그래서 나는 오늘도 살살 내리는 비에 우산을 쓰고 천천히 동네 한 바퀴를 돌고 왔다. 벌써 벚꽃은 다 떨어지고 초록 잎이 '영차영차' 하며 나오고 있다. 빗소리가, 초록 잎이, 꽃잎이 나에게 "힘내!"라고 하는 것 같았다. 잠시 눈을 감고 그 응원하는 소리를 들었다.

그 언젠가의 라일락

오늘은 동네 사람들과 함께 저녁밥으로 쌀국수와 분짜 그리고 이름 모를 태국음식을 먹고, 맥주 반 잔을 마시고, 생초콜릿과 함께 연한 커피를 세 모금 정도 마셨다. 동네 책방에서 이야기를 나누다가 누구랄 것도 없이 "오늘 저녁 함께할까요?" 하는 이야기에 한 명, 두 명, 세 명, 네 명이 모였다. 좁디좁은 태국음식점에 갖가지 이국 음식과 음식만큼 다양한 이야기가 꽉 찬 자리.

하나씩 나오는 음식을 먹는 동안 라일락과 그 언젠가의 라일락 이야기에 빠져들었고, 잔나비와 방탄소년단, 이선희, 김형중, 슈퍼밴드 이야기로 막을 내렸다. 키워드를 보면 참석한 사람들의 나이대가 나오는 것 같은데 같은 나이대가 아니어도 이렇게 모여서 일 얘기를 하지 않고, 게다가 그날 할 이야기도 정하지 않고 '그냥' 시간이 되는 사람끼리 만나서 오붓하게 서로의 일상을 나누는 자리는 정말 오랜만이었다. 이는 흡사 내가 생각하기에는 마음 맞는 동네 사람들과 함께하는 산책 같았다.

'그냥' 이야기가 나와서 하는 이야기인데, 학교 때 한 기수 많은 선배에게 "그냥 하기 싫다."고 답했다가 "넌 어떻게 지성인이 그냥이라는 비논리적인 단어로 너의 생각을 말할 수 있느냐."며 참 오랫동안 교육 아닌 교육을 받은 적이 있다. 그래 봤자 나는 왜 '그냥'이 그렇게 나쁜 대답인지 알지 못했고 지금도 알지 못하겠다. 누가 그랬다, 좋고 싫음에는 답이 없는 것이라고. 그러니 그냥 만큼 적확한 단어가 없다는 것이다. 얼렁뚱땅 그냥이 아니라 이유가 없는 그냥이 아니라 이래저래, 그래서 나의 총체적인 답은 그냥이었던 것이다.

오감이 열리는 봄처럼 참 다양한 이야기와 소리 그리고 먹거리가 함께한 오늘의 동네 모임. 다음엔 시원한 수박 모임을 열자며 라일락 그득한 봄밤 우리는 기분 좋게 헤어졌다. 아니 다시 생각해 보니 옛날이야기를 하니 조금 슬프기도, 조금 아쉬웠던 것 같기도 하다.

지금처럼 라일락 꽃향기가 코끝을 간지럽힐 땐 모든 것을 잊고 잠시라도 추억에 잠겨 보고 싶다. 성공, 리더, 매출, 성과 이런 낱말보다 어쩌면 사랑, 추억, 친구 이런 단어들이 더 값진 것일 수도. 암만. 이런 이야기나 추억이 없다면 아름다움을 모르는 AI와 무엇이 다르겠는가. 슈퍼컴퓨

터와 바둑 대국에 진 이세돌 기사가 인터뷰에서 "이번 바둑 대국은 슈퍼컴퓨터가 이겼다. 하지만 바둑의 아름다움은 나보다 모를 것"이라고 했다. 나도 사시사철 바뀌는 자연의 아름다움, 일상의 아름다움 속에 있는 나를 발견하고 싶다. 이것이야말로 내가 산책을 사랑하는 이유다.

어느 계절을 좋아하세요?

어떤 계절을 좋아하냐는 질문을 종종 하고, 또 받는다. 나는 서슴없이 "겨울."이라고 답한다. 그러면 왜 추운 겨울이 좋냐고 물어온다. "그냥."이라는 답이 정답이지만, 사람들은 그 이유를 또다시 묻는다. 그러면 어렸을 적 겨울에 눈싸움하고, 가래떡 구워 먹고, 홍시 먹으며 책 읽던 추억이 좋아서 그렇다고 답한다.

반면 내가 싫어하는 계절은 봄이다. 예전엔 먼지와 꽃가루 때문에 싫어한다고 생각했지만, 요새는 나이 한 살 더 먹는 게 싫고(물론 1월이 겨울이니 겨울에 나이를 한 살 더 먹지만, 그걸 머리나 몸이 아는 건 봄이지 싶다) 싱숭생숭한 마음이 들어 싫다.

사람들에게 어느 계절을 좋아하냐고 물으면 봄이나 가을을 좋아한다고 답하는 사람들이 많다. 그래서 나 역시 왜 봄이나 가을을 좋아하냐고 물으면 "덥지도 춥지도 않은 날씨여서 그렇다."는 답을 들려준다. 좋은 이유나 싫은 이유를 그렇게 자세히 알지 않아도 되지만, 늘 그렇듯 내가 생각하지 못한 답을 들려주면 그 이유를 다시 한번 물어보지 않을 수 없다.

며칠 전 앞산으로 산책하러 갔을 때였다. 그날따라 초록 잎이 내 눈에도 참 예뻐 보였는데, 산책에서 만난 철쭉꽃처럼 알록달록 등산복을 입으신 세 분이 소소한 이야기를 나누며 산책을 즐기고 계셨다.

"야, 나무 색깔 좀 봐라. 너무 예쁘다."

"그러게. 좋은 계절이다."

"연초록이어서 더 예쁘다. 비 오면 더 예뻐질 것 같아."

예쁜 걸 보는 사람은 말도 예쁘게 쓴다는 걸 이 세 분 대화를 들으며 알게 됐다.

하긴 여태껏 산책하면서 욕을 쓰거나 시끄럽게 목청을 높여 얘기하는 사람도 못 본 것 같다. 물론 가끔 트로트를 좋아하시는지 흥에 겨워 음악을 틀고 산책을 하시는 분을 본 적은 있다. 아차, 음악도 음악이지만 '나는 영어 공부를 하고 있소' 하고 미국 라디오 방송을 들으며 여러 사람에게 알리는 사람도 보았다. 하지만 대부분 산책은 평화롭다.

초록이 예쁘다던 세 분처럼 아직 봄이 그렇게 좋지는 않지만, 동네를 산책하며 한 바퀴 돌다 보면 꽃을 사는 사람, 꽃을 찍는 사람, 여유롭게 벤치에 앉아 있는 사람들 모습을 발견할 수 있어 예전보다 조금씩 봄이 좋아지고 있다.

누군가 그랬다. 내가 겨울을 좋아한다고 하니 아직 젊어서란다. 하긴 이제 나이를 한 살 더 먹을수록 따뜻한 봄이 되어도 가끔 무릎이 시리다. 그래서 나이 들면 따뜻한 곳에서 살기를 원하나 보다. 며칠 전에는 설악산에 폭설이 내렸단다. 새싹이 나고 잎이 쑥쑥 자라서, 이제 숲에 가면 나뭇잎이 빼곡히 들어차고 있는 데다 개나리, 진달래, 철쭉꽃이 다 피고 지려는 요즘, 이 봄에 말이다.

아, 그러고 보니 봄이 좋아지는 이유 중 하나는 산책이 좋은 이유 중 하나와 닮았다. 바로 풀, 나무, 새, 꽃, 하늘, 바람 등 자연에 관심이 커진다는 것이다.

오늘도 산책하며 찍은 이름 모를 꽃을 지인에게 물어보았다. 그랬더니 그분은 또 아들에게 물어봤나 보다. 이제는 네이버 스마트 렌즈로 찍으면 이름을 알려준단다. 그런 요즘, 나는 봄을 알아가고 있다. 봄이 조금씩 좋아지고 있다.

자연처럼

일요일 오후 산책길에서 만난 모과꽃. 사실 그 나무에 모과가 열린 기억이 나서 모과꽃인 줄 알았다. 꽃도 피고, 새도 우짖고. 일요일이어도 쉬지 않고 자기 일을 다 하는 자연처럼 조금이나마 부지런해지고 싶은데 늘 마음만 앞선다.

더는 어디에 고용돼 있지 않고 내 일을 시작한 지 올해로 9년째. 내 일을 시작한 이유 중 몇 퍼센트는 아침에 일어나서 출근하는 게 너무 싫어서라고 말하면 너무 게을러 보일까? 아직도 기억난다. 일어나서 출근해야 하는데, 일어나 보면 저녁보다 더 깜깜하게 느껴지던 그때가. 야근하고 집에 들어온 지 불과 몇 시간밖에 되지 않았는데 정말 눈만 딱 감고 뜨니 아침이어서 바로 출근해야 했던 그때. 그게 너무너무 싫고 싫었다.

출퇴근하며 직장생활을 할 때 주말이면 늦게까지 자던 버릇이 남아있는지, 주말만 되면 이상하게 몸이 무겁게 느껴져 어떤 때는 해가 중천에 떴는데도 아직 꿈나라에 있곤 한다. 그런 나를 못 참고 어떤 날은 남편이 아침밥을 해서 아이와 먼저 먹고(맛난 걸 하는 날은 늦게 일어나는 나에 대한 복수인지 절대 깨우지 않는다) 아이를 시켜 산책하러 가자고 한다. 그러면 신기하게도 눈이 번쩍 뜨여 세수만 대충하고, 아이가 그 초록 모자는 언제까지 쓸 거야 하는 모자를 쓰고, 아주 빨리 밖으로 나갈 준비를 한다.

"내가 1등!" 큰소리로 현관 앞으로 나가서 외치면 이에 질세라 아이가 뛰어나와서 "내가 1등 할 거야." 하고 소리친다. 그럼 언제부터 준비했는지는 모르지만 등수로는 꼴찌인 남편이 혀를 끌끌 차며 뾰로통해서 천천히 현관문을 나선다.

(이해 못 할 사람에게 불만 가득한 목소리로) "그렇게 오래 자고도 눈이 안 떠져?"

(잘 자서 개운한 목소리로) "응. 주중에 얼마나 피곤하면 그러겠어."

(두 살 많다고 늘 말투가 조언하는 것 같다.) "잠도 너무 많이 자면 안 좋대. 조금 일찍 자고, 일찍 일어나는 습관을 들여 봐."

(대답만은 그렇다고 얘기한다.) "그래."

집에서는 꿍꿍 참고 있는 말을 밖으로 나오자 슬슬 하기 시작하는 남편. 세상 모든 부부가 이렇게 사는 걸까? 살면 살수록 남편과 나는 참 다르구나 싶다. 이렇게 사는데도 아이 낳고 크게 싸우지 않고 사는 걸 보면 결혼은 참 신기한 일인 것 같다. 일단 남편은 아침형 인간. 그러기에 저녁에 아이처럼 일찍 자는데, 나는 밤 열 시가 돼야 뭔가 이제 좀 해볼까 하는 창작 의욕이 생긴다. 그러니 따지자면 저녁형 인간에 가까운 걸까?

가장 기본적인 자고 일어나는 문제가 이러니 다른 것은 말해서 뭣하겠는가. 인간은 자기와 다른 사람일수록 호감을 느낀다던데, 그래서 그랬던 것일까? 유행은 꼭 따라서 해보고 싶어 하며, 어떤 때에는 비과학적인 신기한 것에 완전히 매료되고, 싫증 또한 그 누구보다 빨리 내던 성질 나쁜 아이가 결혼하고 참 많이도 바뀌었다. 그건 누구 탓(덕)이었을까?

자연처럼 자연스럽게 조금씩 나를 바꾸고 싶다.

5월

나무가 바람결에 춤춘다

우중 산책

요즘 비가 자주 내린다. 봄비치곤 꽤 자주 많이 내려서 벌써 여름 장마인가 하는 생각이 들 정도다. 오늘 오후엔 새 책이 나와서 파주에 있는 교보 본사에 가서 MD 미팅을 해야 하지만, 아침 산책을 빼먹을 순 없다. 비가 오락가락, 천둥도 한두 번 치니 몸도 마음도 무거워져서 갈까 말까 망설였지만 누가 그러지 않나, 갈까 말까 망설여질 때는 가라고. 그래서 한 손에는 빈 텀블러를 들고, 또 다른 손에는 우산을 들고 산책길에 나섰다.

어제부터 이 책 원고를 책수다 심화반 수강생들과 함께 쓰기를 시작했다. 함께쓰기란 시간과 공간을 함께하며 쓰는 것이지만, 우린 시간만 함께하기로 했다. 그리하여 시작된 함께쓰기. 내 SNS 소개에 가끔 책을 쓰고, 자주 책을 만들고, 매일 살림을 짓습니다'라고 써놓았어도 사실 책을 쓰는 일은 2년에 거의 한 번꼴로 있는 일이기에 어제는 진도가 나가지 않았다. 매일 보고 가던 길도 글로 다시 쓰려고 하니 자꾸 되새겨 보곤 했다.

해서 오늘 아침에는 어제 글로 쓰던 그 길을 다시 그려 보며 산책을 했다. 비가 오니 보통 때보다 더 천천히 걸어 가며 살펴보았다. '아, 맞다. 이다음엔 미용실이 있었구나. 그런데 왜 이 미용실에는 이렇게 나무가 많은 거지? 꽃집을 해도 되겠는걸.' 이런저런 생각을 하며 걷다 보니 일주일에 두어 번쯤 가는 커피숍이 나왔다. 그곳에서 주인장이 빈 텀블러에 라테를 담는 동안 "커피숍 맞은편 새 건물엔 부동산이 들어서네요. 비가 많이 오네요." 이야기하자 "이번 주는 금요일까지 온대요." 하는 날씨 정보를 알려준다.

그래도 숲으로 가야지 하는 생각이 들어 씩씩하게(사실은 숲속 내가 좋아하는 곳에서 라테를 마실 요량으로) 숲으로 향했다. 숲으로 다가가는 사이, 빗줄기가 조금씩 줄어들기 시작한다. 역시 숲은 비 온 다음이다! 이 숲 향기, 코 평수를 최대한 벌이고 가슴을 쫙 펼쳐야 한다. 아, 그리고 이 풍경을 다른 사람들에게도 전하고 싶어진다.

왼손에 텀블러를 들고 오른손에 우산도 들었으므로 최대한 다리에 힘을 주어 안정적인 자세로 휴대전화를 들고 비디오를 찍는다. 이때 예쁘게 찍는 나만의 비법(?)은 멀리 있는 모든 숲을 담는 것보다 가까이 있는, 비에 젖은 촉촉한 초록 잎에 초점을 맞추면 자연스레 숲에서 나는 빗소리를 담을 수 있을 뿐만 아니라 새 소리도 덤으로 담을 수 있다.

숲 정상. 그래 봤자 몇 미터 되지 않는 곳이지만 평평한 길이 아닌 까닭에, 게다가 마스크도 낀 상태여서 내가 말하는 정상에 오르면 약간 숨이 차오른다. 그 와중에 연신 비 오는 숲이 너무 예뻐서 '와, 와' 감탄사를 내뿜으며 걷는다. 이런 날은 사람들도 거의 없다. 조용히 이 숲에서 내가 가장 좋아하는 자리에서 텀블러에 담아온 귀한 라테를 한 모금 마신다.

"역시 비 오는 날은 숲이야." 다음으로 비 오는 날엔 역시 라테를 외치며 가던 길을 이어 걷는다. 비가 와서 산에 있는 운동 기구에도 사람이 없다. 정자에 앉아 좀 전에 찍은 비디오 영상을 책수다에 공유한다. 제목은 온라인 산책. 사람들 반응은 "힐링되네요." "좀 길게 찍어 봐요." 등이었다.

내가 좋아하는 걸 다른 사람도 좋아하면 왠지 더 기분이 좋다. 다음엔 하체 힘을 길러서, 아니 팔 힘을 길러 조금 더 길게 영상을 찍어 봐야겠다. 그나저나 이 영상을 이제 막 책쓰기를 시작한 입문반 수강생 단톡방에도 올렸는데, 아침 산책은 마음 산책이란다. 반응이 청출어람이다.

숲에서 내 몸에 초록 물이 들 정도로 깊은 호흡을 하고 집으로 돌아오는 길, 아침 산책이 마음 산책이라면 점심 산책, 저녁 산책은 뭘까 하는 생각을 했다. 음, 점심 산책은 영양 산책으로 하자. 저녁 산책은 감성 산책이지 않을까? 여하튼, 이 편집자 본능은 알아줘야 한다. 뭐든지 제목을 만들고, 편집하려고 하니 말이다.

산책은 나의 힘

어느새 산책길이 온통 아카시 향기로 진동한다. 이제 아카시아가 아닌 아카시라고 적는다. 언젠가의 책수다 모임에서 교열을 보는 J가 우리가 말하는 아카시아는 아카시라고 불러야 한다고 한 다음부터다. 그런데 어렸을 적부터 "아카시아꽃이 활짝 폈네." 하고 부른 노래 탓인지 아카시보다 아카시아라 적고프다.

그나저나 아직 아카시 향기가 진하지 않고 희미하게 날때면 "어디서 이렇게 좋은 냄새가 나는 걸까?" 하며 코를 킁킁거리고 두리번두리번하며 산책길을 걷곤 한다. 나 혼자가 아닌 가족과 산책길이 즐거울 때도 이때다.

"저 나무일까? 이 나무인가?"

"엄마, 여기서 나는 향기가 아닌 것 같아."

"이상하다. 아카시 향기가 분명 나는 것 같은데. 이 향기는 어디서 나는 걸까?"

"음, 그럼 저 너머에서 바람 따라 날아오는 건가? 아빠는 어디서 온 것 같아?"

"글쎄, 잘 모르겠는데. 우리 코딱지 씨 나라에서 왔나? 더 가기 전에 여기에 좀 앉아 있다 가자. 여기가 바람이 잘 불더라."

먼저 갈 길을 정한 남편이 바람이 잘 부는 곳으로 가는 동안 아이와 나는 물도 마시고 손장난도 치며 천천히 걷는다. 어느 때고 늘 조잘조잘 대는 예쁜 아이 이야기를 들어주며 쉬엄쉬엄 길을 걷곤 하는데, 그러다가 날이 더 지나 아카시 꽃이 떨어질 즈음이면 아카시나무 잎을 하나씩 따서 가위바위보로 먼저 잎을 떼는 사람이 이기는 놀이를 하기도 한다. 손가락 힘이 나보다 약한 아이는 이 게임을 하면 매번 지는데도 왜 꼭 이쯤이면 이 놀이를 하자고 하는지 모르겠다. 나는 아이라고 져주는 법이 없다. 우습게도 게임은 져주는 법이 없다는 것을 내심 일찍부터 알려주고 싶은 건가?

남편이 알려준 바람 잘 부는 곳, 그래서 이름을 바람언덕이라 지은 곳에 앉아 살랑거리는 바람을 맞으며 눈을 감고 있으면, 어렸을 적 이맘때 아카시 향기에 잠이 깨던 기억이 난다. 엄마는 아침밥을 하러 부엌에 나가 있었지만, 아카시 향기에 엄마 품처럼 포근하고 달콤했던 기억. 그때는 친구들 머리를 아카시 줄기로 파마를 한다고 어설프게

꼬아놓아서 푸는 데 더 시간이 걸리기도 했다. 파마가 될 동안 우리는 삼삼오오 모여 마당에 나가 고무줄이나 수우미양가 놀이를 하기도 하고, 해가 잘 드는 곳을 골라 책을 읽거나 그림을 그리기도 했다. 시간이 다 돼 집에 가기 전 머리를 풀어 보면 이상한 아줌마가 돼 있어서 서로를 보며 깔깔거렸다.

아무것도 하기 싫고, 졸리기만 하고, 모든 것이 무의미하게 느껴질 때 자연과 함께해 보자. 신기하게 금세 밥맛도 나고, 나도 할 수 있다는 용기가 난다. 오늘은 할 일이 많아 바쁘겠지만, 오늘도 기쁜 날이다.

밤 산책

"엄마, 이어폰으로 음악 들으며 산책할까요?"

아이가 초등학교 5학년쯤부터 밤 산책을 하기 시작했다. 밤 산책이라고 해 봐야 저녁 설거지를 끝내고, 오늘 할 일은 끝이라는 조금 홀가분한 마음에 동네 한 바퀴를 도는 것뿐이다. 그런데도 눈 많이 내린 겨울날에는 붕어빵을 찾아 옆 동네도 가고, 집에 있으면 더운 여름에는 시원한 아이스크림을 하나씩 입에 물고 시답지 않은 이런저런 이야기를 하며 걷기도 했다.

다시 생각해 보니 시답지는 않았다. 슬슬 사춘기를 맞이하는 아이는 그 어떤 때보다 밤 산책 때 여러 가지 이야기를 많이 들려주었다. 그런 아이에게 얼마 전 설거지를 마치고 "이어폰으로 음악 들으며 산책할까?" 하고 물어보니 "네!" 하며 정말 좋아했다.

이상하게도 그동안 이어폰을 한쪽씩 나눠 쓰는 일은 연인끼리만 하는 줄 알았다. 그런데 동네 어떤 가게들이 문을 닫았나 혹은 아직 문을 열었나 보며 걷다가, 밤하늘도 한 번씩 올려다보다가, 동네 방앗간에 흐드러지게 핀 밤 라일락 향기를 맡는 순간 딸과 이어폰 한쪽씩 끼고 하는 밤 산책도 정말 좋았다는 걸 깨닫게 됐다. 왜 진작 이렇게 하지 않았을까 싶을 정도였다.

그 후로 아이와 더 얘기하고 싶거나 낮에 머리를 너무 많이 썼다 싶은 날에는 어김없이 이어폰을 들고 밤 산책에 나선다. 엊그저께는 하늘에 보름달이 떴다. 그런 날에는 베토벤의 월광 소나타도 들으며 내가 무슨 엄청난 피아니스트인 양 손가락이 보이지 않을 만큼 혹은 피아노 건반이 부서져라 피아노 치는 모습도 연기한다. 아무래도 밤 10시는 낮에 고이 숨겨뒀던 나도 모르는 기운들이 나오는 듯하다. 그러다가 꽃향기가 그윽하게 나는 날에는 〈비긴 어게인〉에 나왔던 사랑 노래를 듣곤 했다.

이어폰을 끼고 산책을 하면 늘 보던 동네도 뮤직비디오에 나오는 세트장처럼 보일 때가 있다. 오늘은 편의점 앞에서 만난 두 강아지가 서로 좋아서 난리였다. 사람도 강아지도 산책이 좋은가 보다. 어디선가 들었는데, 강아지는 하루에 적어도 한 번 이상은 산책을 하지 않으면 우울증에 걸린다고 한다. 하긴 나도 아이도 이젠 밤 산책을 하지 않으면 뭔가를 빼먹은 듯 허전하다. 아이 역시 산책 중 밤 산책이 가장 좋단다.

사실 밤 산책이라고 해 봐야 특별한 건 없다. 어디를 꼭 가야겠다는 목적도 없이 그저 집에서 오른쪽 길로 나가서 터덜터덜 동네를 걷는 게 전부다. 조금 걷다 보면 한창 공사 중인 주택도 보이고, 아까 말한 방앗간, 길 양옆 어린이집, 주민센터 그리고 밥집들이 대부분이다.

그 목적성이 없어서 좋은 건가? 어느 날은 동네 한 바퀴에도 서로의 이야기가 끝나지 않고, 뭔가 더 오래 산책을 하고 싶어서 집을 중심으로 큰 원으로 동네 한 바퀴를 더 돌기도 한다.

마음을 쉬다

"넌 빼빼 마른 말라깽이가 무슨 혈압이야?"

"그러게. 그래서 며칠 전부터 풀만 먹고 있어."

"스트레칭도 좀 해. 산책도 하고. 스트레스는 어때?"

"산책해. 그리고 나 스트레스 없어."

"나도 없는 줄 알았는데, 나도 모르는 스트레스가 있더라고."

친구 L과의 전화통화. 코로나에 어떻게 지내냐고 했더니 대뜸 혈압약을 먹게 됐다고 했다. 너무 어이가 없어서 보통 때보다 이런저런 이야기로 통화가 길었다. 전화를 끊을 때는 우리도 나이가 나이인 만큼 이제 몸 관리 잘 하자로 마무리 지었던 날이었다.

그러다 며칠 뒤 친구가 갑자기(무소식이 희소식이라고 분기별로 한 번 정도 통화하는 친구 사이) 전화를 해왔다. 이제 혈압약을 안 먹어도 되니 고기를 사주겠다나? 이야기를 들어보니 백색 혈압이라는, 뭐 그런 듣도 보도 못한 이야기였지만, 혈압약을 먹지 않아도 된다는 이야기가 반갑기 그지없었다.

"요새 스트레스 없는 사람이 어딨어?"

"그래도 스트레스가 만병의 근원이라잖니? 의사들도 병원에 가면 스트레스 줄이라고 하고."

그렇게 말한 날 자기 전에 《용수 스님의 코끼리》 책을 펼쳤다. '마음을 쉰다'는 게 무엇인지 조금은 알 듯하다.

"진정한 명상은 마음을 쉬는 것입니다.

마음을 어떻게 쉽니까?

몸을 쉬듯이 릴렉스 하시면 됩니다.

우리의 지친 마음을 짧게라도 이 순간에 쉬세요."

여름
.

힘은 단순함에서 나온다

6월

요즘 산책길이 참 좋다

그리고 삶은 계속된다

집으로 돌아와서 씻고, 여행 가방을 정리하고, 내일 아침을 위해 쌀을 씻으면서 '그리고 삶은 계속된다'는 말이 생각났다. 내일 아침 '치익' 하고 전기밥솥이 밥이 다 됐다고 알려주면 그 밥을 먹고 또 열심히 살아야겠지?

아참, 어제 제주 날씨는 정말 장난이 아니었다. 그 비와 바람을 뚫고 작가와의 만남 장소에 가는 것도, 탑동에서 다시 가시리라는 동네로 가다가 길을 잃어서 비가 세차게 오는 밤에 정말 묘지까지 갈 뻔했다. 비바람까지 쳐서 너무 무서웠다고 잠자리를 내준 분에게 얘기하니, 자신도 그런 적이 있다면서 제주는 특히 사람들이 사는 곳곳에 묘가 많다고 했다. 삶과 죽음이 공존하는 곳이 제주이니 너무 무서워 말라고.

무서웠던 마음을 다독이며 잠자리에 들었고, 다음 날 아침 서울이 아닌 곳이면 햇살과 새소리가 알람 소리라더니 어김없이 창가로 들어오는 햇살에 눈이 떠졌다. 함께 간 가족들은 아직 자는 시간. 내 살림이 아니지만 익숙하게 부엌으로 가서 조용히 보글보글 커피를 끓였다.

머그잔 가득 커피를 담아서 문을 열고 제주의 아침과 만
나는 시간. 간밤에 유리창에 비 떨어지는 소리를 들은 것
같은데, 비가 제법 왔나 보다. 세상에, 로즈메리 향기가
이랬구나. 어머, 제주는 마당에서도 복숭아가 나는구나.
부엌 제일 잘 보이는 곳에 타샤 튜더 책이 경전처럼 놓여
있더니만 이 집 주인공이 어떤 사람인지 마당에서 느껴졌
다. 커피를 마시며 마당 한 바퀴를 도는 동안 아이와 남편
이 차례로 깨서 집 구석구석을 보물찾기하듯 돌아다닌다.

"엄마, 여기는 카페인가 봐."

"그러게. 이리로 와 봐. 커튼 사이로 안이 조금 보인다.
와, 아기자기하다."

"이 나무는 무슨 나무야? 귤같이 생겼는데. 진짜 크다!"

"귤이겠지? 그런데 진짜 크다. 너무 커서 툭 떨어지겠는데."

"아빠, 자전거 타는 거 좀 찍어 주라."

《오드리 헵번이 하는 말》 김재용 작가님 소개로 찾아간
수민문화에서 맞은 아침이다.

훗날 아이에게 "《내가 좋아하는 것들, 제주》를 내고 싶
은데 누가 좋을까?" 했더니 "제주도 그 복숭아 있던 집 주

인 어때?" 하는 힌트를 줘서 제주책을 내기도 했다. 하룻밤을 잔 인연이 그리 이어지니, 세상은 참 신기하게 연결된다. 그걸 실감할 때마다 정말 잘 살아야겠다는 생각이 든다.

잠부터 깨자

"금계국아, 산새야, 아침부터 뭐라고 얘기하는 거니? 응? 텀블벅 안 한 사람 있으면 빨리 하라고?"

"맞아 맞아. 고개 끄덕끄덕."

"맞아 맞아. 짹짹."

잠부터 깨자. 요새 텀블벅으로 책을 내려고 한창 펀딩 중이다. 텀블벅으로 책을 내는 게 이번이 처음이 아니지만, 할 때마다 처음 하는 것 같은 이 느낌은 뭘까? 그때마다 '휴' 하고 숨을 길게 내쉴 수밖에. 나이 탓을 하면 뭐할 것이며, 각종 디자인 도구에 약한 나를 탓하면 뭐할 것인가.

욕심을 버리고, 들이쉬고, 내쉬고. 어느 때고 텀블벅 사이트 오픈은 될 터이니 조금 더 참고 기다릴 수밖에 없다. 텀블벅이 큰 회사에 인수됐다고 하더니 그간 바뀌게 한두 개가 아니다. 창작자를 위한 곳이니 순수 창작물로만 펀딩을 받는 게 당연하지만 역시 첫 느낌은 낯설다.

텀블벅 펀딩을 하면서 생기는 조바심을 아침 산책길에 날려버린다. 걷고 걸으면 세상사 모든 근심이 남아나지 않을 거라더니, 산책을 하고 또 산책한 후 선무도 몇 가지 동작을 했더니 '텀블벅, 뭐 잘 되면 좋은 것이고 안 되면⋯⋯ 잘 되게 하면 되는 것이고.'라는 긍정 상태로 마음이 금세 바뀌었다.

그래도 이게 어디인가. 누가 언제까지 몇 퍼센트 실적을 내야 한다고 압박도 주지 않고, 나 스스로 정한 목표치대로 일할 수 있는 지금의 상태. 그래서 나를 버리고 현재를 놓치고 일만 하는 사람들을 보면 안쓰럽기도 하다. 내가 20~30대를 그렇게 살았으니 더 안타까움을 느끼는 것일 수도 있다.

마흔한 살. 아주 작지만 내 일을 시작했던 나이다. 그로부터 2년째 되기까지는 참 힘들었다. 독립해서 힘든 일이 생길 때마다 회사 다닐 때의 안정적인 생활이 그리웠다. 하지만 3년째부터는 앞으로 나갈 힘을 얻었던 것 같다. 그러면서 조금 더 일찍 내 일을 시작했다면 어땠을까 생각해본다.

아는 엄마들 중에 집안일만 하기에는 너무 아까운 이들이 몇몇 있다. 자신은 자기 일을 갖기에는 부족하다 말하지만, 또 살림만 하는 걸 낮게 보는 것도 아니지만 늘 그렇듯 남편과 아이만을 챙기며 나이 들어가는 자신을 보는 것이 안타깝진 않을까 생각한다. 그 재능을 묻어두는 것이 아깝다. 물론 나 역시 이게 사업을 하는 것인지, 고가 취미 생활인지 헷갈릴 때도 있었다. 하지만 지금은 이 일을 하지 않았다면 나는 어떻게 살고 있을까 생각하면 아찔해질 때도 있다.

길을 만든다는 말이 있다. 산책길도 마찬가지다. 많은 길이 있지만, 그 길도 내가 걸어가야 내 산책길이 된다. 길을 헷갈리지 않기 위해서는 그 길을 가고 또 가야 한다. 그래야 길이 난다.

주말엔 숲으로

아침부터 온종일 숲에서 놀다가 비가 올 듯해서 집으로 돌아왔다. 바람도, 하늘도, 초록 나뭇잎들도 실컷 느낀 하루. 더 더워지기 전에 당분간은 그야말로 '주말엔 숲으로'가 될 듯하다.

가족들과 가는 산책 코스는 주로 7번 마을버스를 타고 내린 곳에서 우면산 자락 운동기구가 있는 곳까지 올라간다. 산 입구에 들어설 때부터 냄새가 다르다. 몇 초 만에 메케한 매연 냄새 대신 시원한 소나무 향기가 콧속을 가득 채운다. 이런 향기를 맡을 때마다 마음속으로는 '주말이면 다른 생각하지 않고 산으로 와야지' 싶지만, 늘 그렇듯 주말마다 산으로 가기는 쉽지 않다.

오늘은 다른 때보다는 일찍 일어나서 아침을 먹고 나오느라 도시락을 싸 오지 않았다. 간혹 점심 무렵 이 코스로 산책을 나올 때면 근처 가게에서 김밥이나 샌드위치를 사와서 산속 벤치에 앉아 햇살을 받으며 점심밥을 먹곤 한다. 그러면 같은 밥인데 왜 이렇게 입맛이 도는지. 농사를 지으며 새참을 먹어본 적은 없지만, 이런 맛일까?

"야, 이 길도 몇 년째냐?"

"아마 십 년도 더 넘었을 거야."

"엄마, 그럼 내가 애기 때도 여길 왔었어?"

"그럼. 엄마가 얘기하지 않았어? 너 발 뗀 곳이 예술의전당 안에 있는 서예박물관이었다고. 그때 함께 있던 사람들이 손뼉도 쳐주고 그랬어."

"그럼 나한테 예술의전당은 특별한 곳이네."

"그러게. 예술 쪽 일을 하려나?"

"왜 또 그 얘기가 그렇게 끝나?"

"하하하."

길을 걸으며 나누는 이야기는 왠지 집에서보다 한결 부드럽다. 바람 소리를 들으며, 땅을 밟으며, 손을 잡고 가면서 이야기해서 그런 걸까? 이런 이유로 아이와 혹은 남편과 서먹한 일이 있으면 그 주에는 숲으로 더 가고 싶어진다.

나 혼자 거의 매일, 아침마다 산책하며 보던 자연이지만, 가족과 함께할 때는 또 다르다. 나 혼자 보던 하늘이나 나무, 꽃잎의 아름다움을 가족도 알아봐 주길 바라며 "와, 벌써 산색이 달라졌어. 저기 좀 사진으로 찍어줘 봐요. 야, 이 꽃은 정말 예쁘다."라며 이날만큼은 나도 수다쟁이가 되는 느낌이랄까?

예술의전당 부근에 다다르기 전 쉽게 갈 수 있는 길과 조금 더 걸어야 하는 길이 나온다. 그러면 아이에게 어디로 갈지 고르라고 한다. 그러면 어떨 때는 가기 쉬운 곳으로, 또 어떨 때는 조금 더 걸어야 하는 곳을 선택한다. 어떤 길이든 좋다. 두 길 모두 좋기에.

길에 다다라서도 좋다. 국악당 넓은 잔디밭에서는 떨어진 솔방울로 아빠와 함께 솔방울 축구를 할 수 있어 좋고, 이어서 내려오는 예술의전당 코스는 시원한 분수 쇼를 볼 수 있어 좋다. 음악에 따라 흔들리는 분수 쇼를 보며 먹는 아이스크림이나 커피는 어찌나 맛나던지. 느긋하게 시간을 보내고 그래도 여유가 되면 예술의전당에서 열리는 전시 한 편을 봐도 좋다. 그리고 천천히 걸어서든 다시 마을버스를 타고 오든 집에 와서 씻고 달게 낮잠을 자도 좋다. 나에게는 이 정도가 완벽한 주말이다.

발바닥이 빨갛게 버찌물이 들다

어싱(Earthing). 지난주 일요일 용수 스님 법문을 통해 처음 들었다. 아침 산책길에 간혹 맨발로 길을 걷는 분들을 보곤 했다. 앞산 산책길에도 '맨발로 걷는 길'이라고 써 붙인 곳에 맨발로 걸으면 좋은 점과 주의점이 빼곡히 쓰여 있다. 그러나 나는 한 번도 맨발로 걸어 볼 용기가 나지 않을 뿐 아니라 그분들을 볼 때마다 '왜 저렇게 맨발로 걸을까? 맨발로 걸으면 몸에 좋나? 발바닥이 안 아픈 걸까?' 하며 궁금증이 생겼다.

그러다가 표정이 너무 비장한 분을 보며 '혹시 어디 아프신 분인가?' 하는 생각이 들었는데 매일 그 길을 걷던 분이, 심지어 비가 오는 날에도 빠지지 않던 분이 어느 날 산책길에서 얼굴을 볼 수 없었을 때 내심 '어디가 많이 아프신 건 아닐까?' 걱정스럽기도 했다.

그런데 이번 기회로 어싱이 몸이 아픈 사람들만 하는 게 아니라는 걸 알게 되었다. 어싱은 신발을 벗고 인공적인 땅이 아니라 자연 그대로의 땅을 밟는 것이 기본이다. 여러 의미가 있고 효과가 있지만 특히 면역력 강화, 염증 감소, 스트레스 완화 등에 도움이 된다고 한다. 여하튼 앞으로 산책을 할 때 종종 어싱을 하고 싶다. 오늘 아침에도 맨발로 선무도를 하고, 걷는 것에 그 어느 때보다도 집중하며 천천히 걸어 봤다.

그럴 수밖에 없는 게 운동화를 신을 때처럼 걸을 수 없으니 저절로 발바닥에 집중해서 걷게 된다. 그랬더니 걸어가는 사람들이 예전의 나처럼 호기심과 의문이 가득한 눈으로 나를 바라보더라. 몇 걸음이나 걸었을까. 그만하려고 발바닥을 보니 멋진 훈장처럼 그새 아이와 내 발바닥이 빨갛게 버찌물이 들어 있었다.

버찌물도 그렇고 흙을 밟아 지저분해진 발바닥이 왜 내 눈에는 예뻐 보였을까. 툭툭, 양말로 먼지를 털어내고 양말을 신은 후 운동화를 신고 다시 걸어 보았다. 와, 이 느낌이란! 어싱을 해본 사람만이 느낄 수 있으리라. 하늘에 붕붕 떠다니는 듯, 발이 정말 가볍고 개운해진 느낌이었다.

어싱한 느낌이 마음에 무척 들어 가족들에게 "난 앞으로 산에 오면 무조건 어싱할 거야."라고 말했다. 그러자 아이가 "난 가끔만 할래." 하고, 남편은 "난 나중에 할게."라고 한다. "좋은 건 바로바로 해야지." 이럴 때면 느릿느릿한 행동과는 달리 참으로 실천력이 빠른 내가 된다.

요새는 오랜만에 보는 언니, 오빠들도 나이가 들어가는지, 만나면 건강 이야기가 대부분이다. 작은오빠에 대한 애정이 각별한 언니들은 작은오빠 건강이 걱정이라 말한다. 어싱을 하고 난 후 작은오빠가 생각났다. 전화를 해서 어싱이라는 게 있으니 가족들과 산책하러 나가서 한번 해보라고 했다. 그러면서 시간이 조금이라도 나면 자연과 함께해야 한다는 말도 전했다. 회사에서도 점심시간에 조금이라도 짬이 나면 근처 공원이라도 한 번씩 돌라고 했다. 그러자 안 그래도 출근 전에 한 정거장, 퇴근 후에 한 정거장씩 먼저 내려서 걷고 있다고 한다. 다행이다.

사람은 자연에서 왔으니, 자연을 가까이하면 할수록 건강해진다. 몸만 그런 게 아니다. 오늘은 《내가 좋아하는 것들, 요가》 이은채 작가님의 글을 읽었다. "몸이 아프면 병원에 가든지, 운동하든지, 영양제를 먹든지 하면 되지만 마음이 아프면 병원에 가기도 싫고, 음식을 조절하기도 싫고, 움직이기도 싫고, 사람 만나는 것도 싫어진다. 결국 마음이 아파서 몸까지 병을 앓게 되고 만다." 언제나 마음이 중요함을 다시 한번 깨닫는다.

7월

능소화가 너풀대는 칠월

여름에는 소설

칠월 첫날. 아이의 피아노 학원 수업이 끝나기를 기다리며 커피숍 탁자를 바라본 순간 빛이 좋아서 사진으로 남겨두고 싶었다. 곧 있으면 팔월이고 물류창고도 쉬는 휴가철이 다가오는구나 싶다. 휴가를 가고 싶다면 적어도 지금 예약을 해야 한다. 몇 군데 가 보고 싶은 곳을 알아보니 이미 다 예약이 차고 없다. 본격 휴가철은 한 달 정도가 남았는데, 그럼 이들은 도대체 언제 예약을 한 것일까?

'그래, 일이나 하자. 날도 더운데 무슨 여행이야? 그래도 수영 좋아하는 아이가 어디 가자고 졸라댈 텐데.' 하는 생각에 휴대전화로 이곳저곳을 눌러댄다. 여행을 좋아하는 어떤 이는 해외여행은 1년 전에, 국내 여행은 여행을 다녀와서 다음 여행을 예약한다더니 정말 그런 것일까? 이런 것들을 보면 우리나라 사람들이 정말 놀랄 정도로 열심히 살고, 열심히 노는구나 싶다.

아이가 어릴 때는 어려서, 커서는 또 커서 어딜 한번 가려면 생각할 게 한둘이 아니다. 원래 내 스타일은 아무것도 알아보지 않고 떠나는 것인데 말이다. 생고생할 수도 있지만 그게 더 여행 같은 느낌이 들고 즉흥적이라 더 재미있는 일도 많은 듯하다.

한창 '여행' 생각을 하다가 아차, 오후에 아주 오랜만에 친구가 놀러 온다고 했던 게 생각났다. 서둘러 여행 생각을 접고 약속 장소인 동네 책방에 들렀다. 마침 인도 드로잉 전시를 하고 있었다. 다른 커피숍에서는 제대로 된 맛을 볼 수 없는 밀크티와 인도차 차이(Chai)를 시켜놓고 별반 이야깃거리가 없는 친구와 그림을 더 오래오래 보았다.

친구 L은 고등학교 동창이다. 그때는 나도 L도 문예반에 들었는데, L은 나와 다르게 선생님께 칭찬을 참 많이 받았기에 그 선생님을 좋아하던 나는 친구가 참 부러웠다. 그 친구가 그쪽에 재능이 있어서 대학도 당연히 국문과를 갈 거라 생각했지만 L은 내 생각과는 아주 다른 과로 진학하더니 얼마간 소식이 뜸하다가 미국으로 유학하러 갔다. 떠나기 전에 잠깐 만나고, 또 10년쯤 흐른 뒤에 다시 만났다.

그래서일까? 정작 내가 출판사를 하고 있으니 가끔 만나면 책 얘기를 하고, 지금처럼 책방에서 만나 책 구경을 하고 서로 책 선물을 하기도 한다. 오늘의 책은 박준 산문집이었다. 누군가에게 선물로 준 까닭에 다시 한 권 장만 해서 L에게 주었다. 그러고는 함께 진한 밀크티를 여름답게 차게 마시며, 여름은 소설인데 참 읽을 만한 소설이 없다고 짧게 투덜거리기도 했다. 무슨 소설을 엄청 많이 읽는 사람처럼 말이다.

사실 소설은 40대 이후로 몇 편 읽어 보지 못했다. 언젠가 책모임 책으로 연작소설책을 읽는데, 연작소설이란 말도 진도도 참 나가지 않아서 이게 이 작가 문체 때문인지 아니면 내가 소설 한 가닥도 읽을 여유가 없는 것인지 헷갈리기도 했다. 결국 소설이 잘 읽히던, 소설 한 권을 잡으면 밤을 새우는 것도 무서워하지 않고 다 읽고 잠들던 그때가 그리워지면서 지금이 조금은 슬퍼지기도 했다. 그러나저러나 능소화가 어디든 너풀거리는 칠월이다.

울고 싶다면

"선배랑은 시끄러워서 영화 같이 못 보겠어."

"너는 어떻게 눈물이 그렇게 없냐?"

"선배는 너무 많아."

영화 한 편을 같이 보고 나오면서 '눈물'로 티격태격했
다. G 선배가 눈물이 많다는 건 학교 때부터 몇 번 영화를
같이 봐서 알고 있었다. 하지만 오늘은 너무 심했다. 그놈
의 흐느끼는 소리 때문에 바로 옆에 앉아 있던 나는 좀처럼
영화에 몰입할 수 없었다.

눈물. 1년을 휴학하고 맞이한 대학 4학년 때 아버지가
돌아가셨다. 몇 년 전부터 병원을 들락날락했지만 그래도
얼마 전 찾아뵀던 아버지가 돌아가셨다니 믿을 수 없었다.
부랴부랴 고향 집으로 갔다. 죽음. 가까운 사람의 죽음은
처음이었다. 성인이 된 지 오래됐지만 가족들 눈에는 아직
어리다는 이유로 돌아가신 아버지 얼굴조차 보지 못했다.

그래서 더 믿기지 않았을까. 초상을 치르는 며칠 동안
눈물 한 방울 나지 않았다. 그러다가 마지막 날 입관을 하

는데 그제야 눈물이 났다. 그걸 보고 초상 치르는 3일 내내 내 곁에서 자기 일처럼 도와주던 친구 L은 내게 참 냉정하다며 아버지가 돌아가셨는데 어떻게 그럴 수 있냐고 했다.

나도 나를 모르겠다. 그렇게 눈물이 메말랐던 내가 또 이상하게도 아는 분 아버지가 돌아가셔서 인사를 드리러 간 그곳에서 난데없이 눈물이 나서 정말 혼이 났다. 업계 분이어서 그분과는 그리 가깝게 지낸 것도 아니고, 게다가 그 아버님은 한 번도 얼굴을 본 적이 없는데 말이다. 누가 보면 그분과 혹은 돌아가신 분과 꽤 잘 알던 사이처럼 보였으리라.

"그렇게 슬퍼?"

"응, 엄마는 안 슬퍼?"

"오늘은 몇 번 울었어? 한 세 번?"

"아냐, 한 다섯 번."

아이가 좋아하는 영화를 보고 나오는 길. 또 영화 이야기가 아닌 눈물 이야기를 나눈다. G 선배도 아이도 영화를 보면 왜 이렇게 펑펑 우는 걸까? 그도 아니면 이상하게 내가 안 우는 걸까? 아무리 생각해도 내가 보기에 이번 영화에서 눈물 포인트는 없었는데 말이다. 내가 이 두 사람에 비해 순수하지 못한 것일까? 아니면 우는 건 창피한 일이라 생각하고 눈물을 참나? 그렇게 생각할 만큼 내가 치밀하지 못한데 말이다.

'나는 왜 여러 감정 중 특히 눈물을 흘리는 슬픈 감정에 박할까?' 생각하며, 나를 눈물이 적은 사람, 눈물이 없는 사람이라 여기며 살았다. 하지만 최근에는 몸이 좀 아팠다고 감정까지 풍부해진 것일까? 백 년(?) 만에 본 철 지난 드라마 〈신입사관 구해령〉에 나오는 대사에 신세경처럼 눈물이 펑펑 났다.

"아무도 찾아오지 않는 곳이다. 그러니 아무도 네 소리를 들을 수 없다. 그러니 울고 싶다면 울어라. 소리 내서 울어도 된다."

꽃을 시샘하는 아이

여름 기운이 어찌나 세던지, 며칠 동안 기운을 못 차리고 있다가 어제 볼일을 보려고 나가려다 막 꽃을 피우려는 오렌지색 장미와 마주쳤다. 그래서 "와, 꽃이 피려고 해. 정말 예쁘다!" 했더니, 이를 듣고 있던 아이가 "나보다?" 하고 물어왔다. 꽃을 시샘하는 이 아이, 우리 가족의 사랑을 모두 받으면서도 사랑이 부족한 걸까? 사랑은 정말 말로 표현해야 하나 보다.

이제는 나도 농담으로 아이가 좋아하는 게 생기면 "○○가 좋아? 엄마가 좋아?" 하고 묻는다. 그러면 아이는 "당연히 엄마지." 하며 아직은(?) 환하게 웃으며 대답해준다. 가족처럼 가까운 사이라도 고운 말을 쓰고 가까운 사람일수록 예의를 갖춰야 한다고(요즘 이렇게 얘기하면 잔소리꾼이라고) 늘 아이에게 말하면서 정작 나는 어땠나 생각해본다.

"난 엄마가 기분이 좋은지 나쁜지 금방 알 수 있다!"

"그래? 어떻게?"

"화장하고 외출 옷을 입으면 목소리가 '솔' 정도로 높아지고, 아침에 졸리는데 아빠가 깨우거나 내가 깨우면 아예 대답도 안 해."

"하하하, 내가 언제?"

그 얘기를 듣고 한번 생각해 봤다. 나 역시 가족들이 편하다는 이유로 말도 행동도 나 편한 대로만 한 듯싶다. 아이가 열 살 무렵이었던 것 같다. 외부에서 강의할 일이 있었는데 아이 맡기기가 어려웠다. 그래도 마침 강의하는 곳이 도서관이어서 내가 강의하는 동안 아이에게 강의실 옆 도서관에서 책을 읽고 있으라고 했다.

그때만 해도 밥을 먹을 때도 책을 들고 올만큼 책을 좋아하는 아이였기에 도서관은 엄마를 기다리기엔 더없이 좋은 장소라 생각했다. 마음 편히 두 시간에 달하는 강의를 무사히 마치고 아이를 강의 장소로 데려왔다. 그랬더니 행사장 커다란 칠판에 '엄마 바보 잠꾸러기'라고 정말 대문짝만하게 쓰는 게 아닌가. 어찌나 부끄럽던지.

바로 지우려고 하는 찰나에 나보다 나이가 한참 많았던 수강생 중 한 분이 "강사님, 사진 한 장 찍어둬요. 나중에 보면 좋은 추억이 될 거예요."라고 하셨다. 그래서 부끄러움에 얼굴을 붉히며 어렵사리 사진으로 남겼다. 그 후 그 사진을 SNS에 올렸더니만 아는 후배가 댓글로 "아이들은 진실만을 말한다."고 해서 또 한 번 웃었다.

　이제 아이는 커서 엄마보다 친구를 더 좋아하고 친구와 보내는 시간이 더 많아진 것 같기도 하다. 그래서 이제는 내가 아이에게 친구가 좋은지 내가 좋은지 말하라며 간지럼을 태우기도 한다. 꽃을 시샘하던 아이의 친구를 시샘하는 갓 오십대 엄마가 되고 말았다.

마음 심란할 때

마음 심란할 땐 운동 다음으로 좋은 게 청소라는 걸 오늘 확실히 깨달았다. 아침 산책 후 잠깐(책 주문이 많아서 길게 주문을 받고프다. 들은 얘기로는 큰 출판사에서는 주문만 받는 직원이 있다던데 말이다) 책 주문을 받고 미뤄뒀던 아이 책을 정리해서 이웃에게 주니 좁게만 느껴졌던 방이 조금 훤하다.

"이 책 줘도 괜찮아?"

"응. 내가 좋아하는 책이니까, K도 좋아할 거야. 그런데 내가 그림 좀 그려놨는데, 괜찮을까?"

"괜찮을 거야. K 고모가 그러는데 K도 책을 엄청나게 좋아한대."

책 정리를 하며 책 중간중간 아이가 그려놓은 그림을 오랜만에 들여다본다. 예전에 아이가 주로 하던 일이 책 읽기와 그림 그리기여서 아이 그림을 볼 일이 많았는데, 책 읽는 아이 모습은 지금도 종종 볼 수 있지만, 그림 그리는 모습은 거의 볼 수 없어서 아쉽다.

아이 책이나 옷을 정리할 때는 늘 아이의 허락을 받곤 한다. 그렇지 않으면 같은 책을 여러 번 보는 아이 특성상 읽었던 책이라도 다음번에 다시 찾을 확률이 높다. 그러고 보면 읽지 않는 책이나 작아서 입지 못하는 옷도 그 쓸모를 떠나 보관하고 싶은 것은 어른만이 아닌가 보다.

언젠가 아이 세 살 때 입었던 원피스를 물어보지 않고 조카에게 물려줬는데, 다시 그 원피스를 찾으며 울고불고 해서 난감했던 적이 있다. 그때부터 아이 물건을 버리거나 남에게 줄 때면 아이에게 물어보거나 아이와 함께 정리하곤 한다.

"와, 이 수영복은 지난번에 작아서 정리하지 않았던가?"

"그러게. 그래도 엄마, 이건 남겨두자. 나중에 또 보고 싶을 것 같아. 이 수영복 입고 수영하면서 너무 좋았어. 난 여름이 좋아."

"여름이 왜 좋아?"

"수영할 수 있어 좋아. 난 물이 좋거든."

"엄마는 물이 무서운데. 발이 땅에 붙어 있지 않으면 너무 무서워."

아이와 옷 정리를 함께 하다 보면 이 옷을 언제쯤 입었는지 이야기하고, 또 그 옷을 입을 때 있었던 일을 이야기

하느라 혼자 정리할 때보다 시간은 두 배나 걸리지만 추억
이 샘솟는다.

정리정돈에 어울리는 음악도 크게 틀어놓으니 일보다
아이와 함께하는 놀이 같았다. 이참에 청소도 운동처럼 날
을 정해서 꾸준히 하는 게 좋을 것 같아서, 쓰레기와 재활
용 수거일인 화, 목, 일요일에 하기로 마음먹었다.

가을이 오기 전에 차분히, 하나씩 하나씩 정리하고 싶다.

8월

북한산 계곡물의 차가움

귀뚤귀뚤

계절이 바뀔 때마다 꼭 먹고 싶은 것들이 있다. 거창한 건 아니다. 봄이면 쑥버무리, 여름이면 옥수수, 가을엔 송편과 아오리사과, 겨울이면 가래떡에 붕어빵 정도다. 오늘은 책도 둘러볼 겸 아이 책을 반납하러 도서관에 갔다. 나오다가 송편 생각이 났는데 마침 떡집이 있어서 사서 한입 먹어봤다. 깨송편이다.

입맛이 시골스러워서 그런지 나는 콩을 넣은 콩송편을 더 좋아한다(하긴 요새 떡집에서 콩송편을 찾아볼 수 없긴 하다). 아, 시골 뒷산 소나무 솔잎으로 찐, 솔향기 솔솔 나는 콩송편 먹고 싶어라. 그럴 때면 시골에 계신 엄마 생각이 자동으로 나서 전화를 한다. 그러고는 인터넷으로 검색하면 몇 분 안 돼서 동영상으로 친절하게 알 수 있는 송편 만드는 법을 몇십 분 걸려 엄마에게 전수받는다.

쑥버무리가 생각났을 때도 그랬다. 이제 그날 몸 상태에 따라 전화 소리도 잘 들렸다 안 들렸다 한다고 말씀하시는 엄마에게 전화를 걸어, 봄도 지나 쑥도 구할 수 없는데 쑥버무리 만드는 법을 물어보는 막내 짓을 한다.

"엄마, 쑥버무리 먹고 싶어서. 어떻게 해?"

"쑥버무리 해 먹게? 내가 해주면 좋은데……. 쑥이 좋아야 혀. 억세면 맛이 없어."

"네, 말씀해 보세요."

"뭐 방법이 있나? 쑥 연한 거로 잘 씻어서 쌀가루에 소금간을 쪼끔 해서 살살 묻혀서 포(면포)에 올려놓고 찌면 되는데. 니가 허겄냐?"

"간단하네. 해볼게요. 해서 엄마도 보내 줄까?"

"아녀, 너나 맛나게 해 먹어."

그 뒤로 결과가 궁금하셨는지 연이틀 전화를 하셨다. 하지만 막상 하려고 하니 그 좋은 쑥 구하기가 어려워서, 바쁘다는 핑계를 대고 못 해먹은 기억이 난다. 내년에는 때 놓치지 않고 꼭 해 먹어야지.

이런 나를 두고 J는 내가 그렇게 좋아하는 쑥버무리, 감자, 옥수수, 콩송편은 그냥 줘도 안 먹는단다. 그 말에 정말이지 놀라서 두 눈을 동그랗게 뜨고 왜 그러냐고 물으니 어렸을 때 시골에서 하도 먹어서 그렇다나? 그러면서 나를 보면 시골 얘기도 잘 모르고(도대체 시골의 어떤 얘길 말하는 건지 몰라도), 시골에서 일을 안 해 봐서 시골에 가서 살고 싶다는 것 같단다.

하긴 J에게 시골 가서 살고 싶다고 몇 번 말하기는 했다. 이런 시골 타령도(?) 주기가 있다. 아이가 학교 들어갈 무렵 한 번, 그리고 아이가 고학년이 될 무렵 또 한 번 정도. 거기에 집 계약서를 쓸 정도가 되면 언제까지 좁고 매연 가득한 이런 서울에 살아야 할까 고민하게 된다.

귀뚤귀뚤. 잠자기 전에 잠깐 책을 읽고 자려는데 귀뚜라미 소리가 들려온다. 계절은 이렇게 소리로 먼저 오나 보다.

저 창문

언제부턴가 어두웠던 건물 창가에 노란 불이 켜졌다. '와, 새로운 가게가 들어왔나 보다!' 저녁밥을 먹고 설거지가 끝나면 아이도 나도 "산책하러 갈까?" 하면서 거의 하루도 빠지지 않고 밤 마실을 다니던 때였다. 그날따라 늘 가던 길에서 한 블록 더 가고 싶더니만, 어두컴컴했던 건물에 어느새, 밤에도 한눈에 들어오는 노란 불빛 빛나는 카페가 들어선 것이다.

그 후 얼마간 우리 산책이 그 카페 덕에 좀 바뀌었다. 산책을 나와 늘 문이 닫혀 있는 가게를 둘러보며 어제와 다른 게 없는지 살펴보기 시작했다. "엄마, 오늘은 문에 뭐가 붙어 있어." 숨은그림찾기 같았다. 그러면서 한 번도 가 본 적 없는 그 카페 안은 어떻게 생겼을지, 커피 맛은 어떨지 궁금해졌다.

그렇게 여러 번 창가에 뭐가 붙어 있는지, 오늘은 라테를 많이 파셨는지, 우유 상자가 문 앞에 놓여 있으면 나도 여유롭게 라테를 마시고 싶다 생각하던 어느 날, 드디어 밤이면 밤마다 눈독 들이던 카페에 가 보기로 했다.

늦은 아침을 먹은 토요일이었던 것 같다. 거의 매일 밤, 산책하며 보아왔던 그 창문 앞에 앉는 기쁨이란! 그 카페 첫 느낌은 한두 번쯤 가본 친구 집 거실 같았다. 우리가 그렇게도 눈에 넣었던 창문 앞에는 베이지색 소파 커버로 덮인 소파와 작은 테이블 그리고 라탄 의자가 놓여 있었다. 우리 가족은 그곳이 처음 가보는 카페인데도 우리 집처럼 편하게 앉아서 카페 여기저기를 둘러보았다.

그러다 주문한 음료가 나왔는데, 와 커피 밀도는 (지금은 다른 카페가 됐지만) 정말 좋아하던 모 카페 라테와 비슷한 맛이었다. 편한 카페 인테리어에 놀라고 라테 맛에 놀라서 혹시 그 옛날 커피숍 관계자인가 싶어 사장님 얼굴을 유심히 살펴보기도 했다. 이제 이 카페는 산책하러 가기 전 커피 생각이 나면 텀블러에 귀한 커피를 담아가는 곳이자, 작가와 미팅을 하는 곳이자, 가끔 원고를 쓰러 가는 곳이고 커피 맛 좋다고 소문을 내서 동네 친구들과 술 한 잔이 아닌 커피 한 잔을 기울이는 곳이기도 하다.

칙, 수증기를 뿜어내며 커피 머신에서 에스프레소가 완성되는 사이 햇살이 드는 카페 창문을 통해 보는 이웃집 풍경 또한 아름답다. 좁은 담벼락 위에 화분 몇 개를 올려놓을 생각은 또 누가 했을까? 물론 이곳의 커피 맛도 대형 프랜차이즈 커피숍과 뭔가 다른 듯해서 좋다. 비정형화된 것들의 아름다움. 마찬가지로 더운 날씨도 시원하게 불규칙했으면 좋으련만 요새는 밤에도 너무 덥다.

그러고 보면 한창 인생의 규칙을 만들고 싶다가도 그런 규칙을 한방에 깨는 사람이나 작품, 사건들을 만나면 그간의 것들을 뒤돌아볼 생각 없이 와장창 깨지는 듯하다. 인생은 조화라 하던데, 어떤 것들을 규칙적으로 만들고, 어떤 것들을 비정형화할 것인가?

"난 네가 뭘 함부로 해서 좋아."

"응?"

"널 보면 나의 열여덟 살이 생각나."

드라마 〈스물다섯 스물하나〉. 이제는 아이가 먼저, 재미있다고 소문난 드라마나 영화를 어디선가 듣고 와서 함께 보자고 한다. 이제 멜로물은 오글거리고 비현실적이어서 못 보겠던데, 유치찬란할 것 같던 이 드라마, 내심 다음 회가 기다려지는 이유는 뭘까?

마치 인생도

"계곡 가려면 이쪽으로 가면 되나요?"

"네, 이쪽으로 쭉 올라가세요."

"계곡 가려면 얼마나 더 가야 해요?"

"한 삼십 분 가면 돼요. 아이코, 애기도 같이 왔네. 수고
하세요."

발 한 번 담그자고, 아니 산 근처에서 밥 먹고 바람이나
쐬자고 아무것도 준비하지 않고, 알아보지 않고 북한산 계
곡에 갔다. 북한산 계곡이 어디 있냐고 입구부터 한 열 번
은 물어본 것 같다. 그러니 그때마다 한 삼십 분 가면 된다
는 말을 다섯 번쯤 들은 셈이다.

밥 먹고 바람이나 쐬러 가자 했으니 등산복도 등산화도
챙겨 왔을 리 없지만 웨지힐에 청치마 차림은 그래도 심했
다. 동네 산에서도 가끔 그런 사람을 보면 나 역시 산을 오
르려고 온 것인지 산으로 데이트를 하러 온 것인지 모르겠
다며 구시렁거렸건만, 내가 이런 차림을 하고 보니 앞으로
그런 사람을 보더라도 다 사정이 있어서 그런 것이리라 생

각하기로 했다.

가도 가도 계곡이 나오지 않아서 등산 중반 전까지는 내려갈까 하는 생각도 들었지만, 물 좋아하는 아이에게 계곡물을 구경시켜 주자는 생각 반, 중반을 넘으니 그동안 올라왔던 게 아까워서 오기 반으로 걷고 또 걸었던 것 같다. 그러다 마주한 북한산 계곡물의 차가움은 한여름에도 그야말로 얼음물이었다.

"우아, 너무 차갑다."

"엄마, 너무 시원해요."

"여기 다 모여 봐. 사진 한 장 찍자."

계곡에 발을 담그자 산에서 마주친 사람들 답이 왜 한결같이 그랬는지 알 것 같다. 좋은 곳에 가거나 맛난 음식을 먹으면 다른 사람도 그랬으면 하는 마음에서 하게 되는 하얀 거짓말. 만약 정확하게 "세 시간쯤은 올라가야 계곡물이 나와요."라는 답변을 들었다면 웨지힐에 청치마 차림으로 산에 올라갈 수 있었을까?

인생도 마치 다 알고는 절대 앞으로 나갈 수 없는 북한산 계곡 같은 것이리라. 내일도 알 수 없고, 단 몇 시간 후도 알 수 없는 게 우리네 인생 아닌가. 그렇게 생각하면 미래를 행복하게 살기 위해 혹은 여행이나 좋은 일은 여건이

140

될 때 하자는 말은 얼마나 쓸 데가 없는지 알 수 있다.

한창때는 미래를 위해 월급의 1/3은 저축을 하고, 1/3은 자기계발을 위해 쓰고, 나머지 금액을 생활비로 써야 하는 줄 알았다. 비록 월급의 1/3을 저축하지 못했지만, 어느 정도 앞일을 계획해야 불안하지 않았다. 아니 당연히 그렇게 해야 하는 줄 알았다. 그래서 그런지 요즘도 새해가 밝든 그렇지 않든 무계획이 최고라고는 생각하지 않는다. 다만 적당한 선에서 앞일을 계획하고 실천하려 한다. 대신 이제는 큰 계획을 짜는 시간에 지금 이 순간을 행복하게 살고 싶다.

힘은 단순함에서 나온다

아침 산책을 마치고 커피숍에 들렀다. 커피가 나오길 기다리며 주위를 둘러보는데 그림이 눈에 들어왔다. 처음 볼 때는 '푸하하, 이런 거 코딱지 씨가 엄청나게 잘 그리는데.' 하며 '이런 것도 예술이라고 이렇게 벽에 떡 하니 붙여놓았구나.' 싶어서 약간은 삐딱하게 바라보았다. 그런데 나중에 한 번 더 봐야겠다 싶어서 사진으로 찍은 이 그림, 보면 볼수록 힘이 느껴진다.

"왜 팔을 그렇게 뻗죠? 이렇게 뻗는 것보다 이렇게 바로 팔을 뻗으면 어떻게 될까요? 우리가 하려는 게 예쁘게 춤을 추는 게 아니잖아요. 바로 일직선으로 뻗으세요. 그렇게 하지 않으면 상대방이 여러분을 먼저 치게 될 겁니다." 이렇게 말하면서 법사님이 팔을 제대로 내뻗으시는데 바로 코앞에 있던 나는 살기를 느꼈다고 할까? 웬만하면 그렇게 힘을 제대로 써서 동작을 보여주시는 날은 거의 드문데, 아마도 그날 내 동작이 꽤 마음에 들지 않으셨나 보다. 꾸미지 말고 동작을 제대로 하라는 말은 선무도 수련을 하면서 종종 지적받는 내용이다. 혼자 할수록 쓸데없는 제멋에 취해 자꾸 필요 없는 동작을 하게 된다. 글쓰기도 마찬가지다. 잘 모르는 것, 자신 없는 것들은 자꾸 수식어를 붙여댄다.

"이 단어는 꼭 넣어야 할까요? 빼도 될 것 같아요. 이 내용은 정말 이런지 확인해 보셨어요? 쓰기의 힘도 더하기보다 빼는 데 있어요. 다음 원고는 오늘 얘기한 대로 군더더기가 없는지 고쳐쓰기를 할 때 빼기를 해볼까요?"

말은 이렇게 해도 나 역시 선무도 동작도 그렇고 글쓰기도 빼기가 어렵다. 이뿐이랴. 집안 살림은 물론 군더더기 없는 몸매는 세상 제일 어려운 일이다. 다만 선무도도 그렇고 글쓰기도 빼기를 하면 할수록 더 좋다는 것 정도는 아는 듯하다.

"고수란 어떤 사람일까요? 그런 분들이 있어요. 몸이 엄청나게 안 좋아서 선무도를 시작해 몸이 좋아지면 다시 이일 저 일 여기저기 돌아다녀서 어렵게 모은 그 좋은 에너지를 다 쓸데없는 곳에 써버리는 사람들. 이 무술 조금 저 무술 조금, 그런 사람은 쓸데없이 도복만 많아져요."

역시 힘은 단순함에서 나온다는 걸 한 수 배웠다.

가을

.

높고 높은 하늘을 올려다 본다

9월

행복은 마치 산책 같은 것

비 오는 날은

오랜만에 도서관에 왔다. 비 오는 날에는 이렇게 아이와 도서관에 와서 책을 읽다가 글을 쓰는 그런 시간도 좋다. 책이 재미있는지 책을 읽으며 빙그레 웃음 짓는 아이 모습을 보는 것도, 아이 손을 잡고 책을 보러 온 엄마와 코흘리개 아가들 모습도 따뜻한 원색 가득한 그림책 한 장면 같아서 그냥 웃음이 난다.

책을 만드는 사람으로서 아이들 책이 너무 한쪽에 몰려 있는 것 같아서 아쉽다. 이렇게 작은 동네 도서관일수록 뭔가 큰 도서관과는 다른 책들이 필요하지 않을까? 내가 만약 사서라면 이런 책들보다는(이런 책들도 볼 수 있도록 하고) 작은도서관 느낌을 더 살려서 여기서만 볼 수 있는 책들을 발굴해 들여놓아야지 하는 쓸데없는 생각을 해본다.

출판사 매출에는 1도 도움이 안 되는 공상을 그만두고, 창문 밖으로 흘러내리는 비 구경을 멈추고 다시 책을 읽으려는 순간 귀에 익은 목소리가 조그맣게 들린다.

"아, 책 빌리러 왔어요?"

"네."

"여기 자주 와요?"

"가끔요. 책 반납하러 왔다가 시간 되면 조금 읽다가 가요."

"자기는 아이가 책을 좋아해서 좋겠다."

"좋아하는 책만 좋아해요. 요즘은 컸다고 책 보는 것도 예전만 못해요. 그래도 그냥 이렇게 도서관 오는 건 좋아해요."

맞다. 책을 읽든 말든, 책을 빌리든 말든 나도 그렇지만 아이도 서점이나 도서관 가는 걸 좋아한다. 누구는 시장에 가서 사람 구경하는 걸 좋아하고, 누구는 백화점이나 쇼핑 센터에 가서 구경하는 것을 좋아한다고들 하던데, 아이와 나는 책방이나 도서관에 가서 구경하는 걸 좋아한다.

'아, 저 사람은 이런 책을 읽는구나. 이 도서관은 이런 책이 많구나. 여기는 아이들이 많이 오네. 이곳은 책도 책이지만 햇살 맛집이네. 이런 곳에서 책을 읽을 때는 커피를 마셔 줘야 하는데 집에 갈 때 한 잔 마셔야겠다. 요새는 책을 너무 잘 만들어. 이런 스타일은 어디서 본 것 같은데⋯⋯.'

"10분 후에 대출 마감합니다."

"대출 마감한대. 빌릴 거 있으면 선생님께 갖다 드리자."

"네."

"5분 후에 대출 마감합니다."

"알았어요."

더 보채기가 싫어서 문 입구에 서서 아이를 기다린다. 다른 아이들과 사람들은 이미 다 나가고 남아있는 사람은 코딱지 씨밖에 없다. 사서 선생님이 코딱지 씨 앞으로 다가와 "책이 그렇게 재미있어? 이제 빌려서 집에 가져가서 읽자."라고 말씀하시자 그제야 일어난다. 아이야, 비도 오는데 제발 우산 속에서는 책 읽는다고 하지 말자.

날씨 하나로 행복한 하루

"삶을 관리하는 것은 시간이고, 시간을 관리하는 것은 감정"이라는 글귀를 읽었다. 그래서 아주 새로운 사실을 발견한 듯 조금은 흥미롭게 남편에게 얘기하니, 그걸 이제야 알게 됐냐고 그 정도는 다 아는 내용 아니냐고 대수롭지 않게 말한다.

'그런가?' 하고 머리를 갸우뚱거리며 책을 다시 읽어나갔다. '시간을 관리하는 게 감정이라고? 감정이라. 맞아. 기분이 안 좋으면 산책하러 나가기 싫어지고, 산책하러 나가지 않으면 온종일 찌뿌둥하고, 게다가 할 일을 하지 않은 기분이잖아. 그렇게 따지자면 정말 기분이 삶을 관리하는 건가? 기분이 중요하구나!'

하루하루가 즐거운 십대 아이와 살다 보니, 이 아이는 뭐가 그리 기분 좋은지 간혹 궁금해진다. 어떨 때는 싱글거리는 얼굴에 대고 물어보기도 한다.

"오늘 기분은 왜 이렇게 좋아?"

"오늘은 금요일이고, 내일은 토요일이니까."

"그게 그렇게 좋아?"

"응!"

단순하기 그지없다. 하루를 음계로 따지면 '솔'로 시작하는 아이에 비해 아침은 '미' 정도가 돼도 다행인 나. 그런 아이와 함께할 수 있어서 다행이겠지? 인생의 비극을 희극으로 만드는 법을 열네 살 아이에게 배우는 걸까?

"Y, 잘 지내고 있어? 잘 지내고 있다고? 오늘은 날씨가 어제보다 좋아. 너도 산책하는 하루가 됐으면 좋겠어."

높아져 가는 하늘에 누군가 떠오르나 싶었는데, 산책 나온 곳이 책모임 친구네 집이 보일락 말락 한 곳이라 불현듯 마음으로 안부를 물었다. 산책에서 돌아오는 길 온라인으로 Y에게 말을 걸었다. 산책하러 나가서 Y 생각이 나서 내가 마음으로 Y를 불렀는데, 잘 들었냐고 물으니, 안 그래도 일이 있어서 정오가 다 되는 지금 일어났다며, 그나마 내가 불러줘서 이 시간에라도 일어난 것 같다고 말했다.

바깥 온도가 떨어질수록 마음 온도를 올려야 한다. 하루를 걷기와 여행하기, 산책하기로 보낼 수 있는 선택권은 그 누구도 아닌 나에게 있다. 행복할 권리. 행복은 생각보다 거창하지 않다. 마치 산책 같은 것.

책방 나들이

어쩌다 보니 어제도 오늘도 책방 나들이를 하고 있다. 내가 출판사를 차리고 A4 용지에 '앞으로 하고 싶은 것'을 마음 다해 써놓고 좁디좁은 공용 사무실 책상 앞에 붙여놓은 적이 있다.

1. 출판
2. 책쓰기
3. 강의하기
4. 잡지 내기
5. 책방 하기

8년이 흐른 지금 이 중 3개를 이뤘다. 속도가 너무 늦나? 아직 이루지 못한 잡지와 책방은 나의 오래된 로망 같다. 로망을 너무 쉽게 이루면 오히려 재미가 없지 않은가. 게다가 요즘은 여기에 시골 살기를 추가하고 싶다. 그러면 앞으로 남은 나의 로망은 시골에서 책방 하기 & 잡지 내기 정도 될까? 언젠가 이루고 싶은 나의 로망을 생각하며 내가 태어난 시골에 가면 자연스레 머릿속으로 사업 구상을 하게 된다.

책방 위치는 어디가 좋을까? 강경역 앞, 내 어릴 적 유일하게 책을 볼 수 있는 곳이자 꼬깃꼬깃 모아둔 용돈으로 인형 옷을 샀던 읍내 책방 문광사? 아니면 내가 외지에 나가 있던 사이에 어느새 나의 고향이 젓갈축제를 하는 유명한 곳으로 됐던데, 그 시장 언저리쯤 있는 아직 남아있는 일본식 건물? 아니면 시골집 근처 초등학교 부근 노란 쌍둥이 은행나무 자리가 나을까?

오랜만에 시골에 계신 친정엄마를 보러 가던 길, 느리게 가는 기차에서 함께 가는 둘째언니에게 이런저런 얘기를 했더니 오는 길에 역 근처에서 나란히 로또 한 장씩부터 사잖다. 그러면서 서울에도 책 읽는 사람이 없는데 고향 사람이 얼마나 된다고, 거기에 책방을 내면 책 볼 사람이 얼마나 있을까 싶냐며 진지하게 얘기를 꺼낸다.

해서 조만간 사업계획서를 써서 다섯 명 언니, 오빠에게 프레젠테이션하겠노라 했다. 되든 안 되든 재미있겠다. 프레젠테이션을 통과하면 나의 로망이 실현될 가능성은 몇 퍼센트 더 높아질까?

가끔 이런 나의 로망을 SNS에 비치면 "조만간 이뤄지겠어요." "꿈을 꾸면 언젠가는 이뤄집니다." "저도 왜 조금 더 일찍 책방을 시작하지 않았을까 싶어요."와 같은 댓글이 달린다. 그러면 "응원해줘서 고맙다."라고 말하면서도 내심 '정말?' 하고 나에게 다시 묻는다. 로망. 꿈. 그래도 주변에 나이 오십에 무슨 로망이고 꿈이냐고 묻는 사람이 없어서 다행이다.

꿈은 정말 꾸는 자의 몫일까? 추석을 앞둔 오늘, 동네 책방을 찾았다. 의자에 앉자 마침 책장을 비추는 햇살이 눈에 들어왔다. 그 햇살을 누리며 아직 이루지 못한 나의 로망인 책방 생각에 작지만 큰 행복을 느꼈다. 그 큰 로망을 이루기 전에 내가 만드는 책도 조만간 이런 책방에서 많은 이들과 함께하길 바랐다.

걷고 또 걷고

불자라면, 아니 산을 좋아하는 사람이라면 한 번쯤 들어 본 설악산 봉정암. 그곳에 언제 처음 가게 됐는지 기억이 가물가물하지만, 아마 선무도 도반인 J 때문이었던 것 같다.

"법사님은 이번 가을에도 봉정암에 가시겠죠?"

"그러시겠죠."

"봉정암 가 봤어요?"

"그럼요. 법사님이랑도 가 봤어요. 그때 너무 힘들어서 이제 법사님과는 안 가려고요."

"하하하, 그럼 저랑 가요."

어떻게 하다 보니 J와 그 험난하기로 유명한 봉정암에 같이 가자고 말해버렸다. 그렇게 해서 시작된 봉정암 산행 계획. 여태껏 어딜 가면 교통편과 잠자리만 잡는 게 나의 유일한 계획이자 여행 스타일인데, J가 짠 봉정암 산행 계획을 보고 입이 다물어지지 않았다. 그곳까지 가는 차편이 많지 않으니 새벽 4시 30분에 일어나는 것까지는 내가 이해했다 치자. 그런데 이건 무슨 시간표가 1시간도 아니고

155

30분도 아니고, 15분 단위로 짜여 있었다.

"왜 이렇게 빡빡하게 짰어요? 진짜 이렇게 움직여야 해요?"

"안 그러면 봉정암 가서 밥 못 먹어요. 다 정하 님 밥 먹이려고 그런 거예요."

"봉정암 밥이 그렇게 맛있어요?"

"미역국이에요. 한 6시간쯤 올라가서 먹으면 맛있을 거예요."

그렇게 시작됐다. 산행하면서 먹을 것을 고르면서도 내가 고른 것을 보고 "이 사람이 누구 코에 붙이려고 이렇게 조금 사냐"고 한 소리 들었다. 반대로 J는 이 많은 것을 어떻게 이고 지고 가려는지, 아니 먹으려고 봉정암에 가는 것인지 많이도 샀다. 그래도 꾹 참고 봉정암에 먼저 가 본 사람 말을 믿어 보자 했다.

백담사까지 가는 버스를 탔다. 말로만 듣던 백담사. 돌무더기로 유명한 곳 옆에서 방금 마을에서 산 옥수수를 먹었다. 역시 옥수수 고장 맛답다. 그 후로는 걷고, 걷고, 또 걸었다. 무릎 아프니까 꼭 케토톱도 붙이고 오라던 J 말이 이번만큼 고마운 적은 없었다.

"언제까지 올라가요? 평지는 안 나와요?"

"네, 없어요. 여기가 그나마 평지예요."

"진짜요?"

그 후로 얼마간 말이 없었던 것 같다. 그만큼 설악산이 내 눈에, 내 마음에 들어왔고 J가 말한 대로 한 6시간 동안 설악산과 대화를 했던 것 같다. 서울에서 몇 시간 떠나왔을 뿐인데, 지금 내가 보고 있는 것은 이승의 비주얼이 아니었다. 세속의 때에 찌든 사람도 이곳에 와서 며칠만 있으면 신선이 돼서 저 흘러가는 구름을 잡아탈 수도 있겠다 싶었다.

"여기만 넘으면 봉정암이 보여요."

내가 제일 좋아하는 아오리사과 한 개를 꺼내더니 J가 비장하게 말했다. 사과를 와자작 한입 야무지게 깨물며 이 정표 이름을 보니 깔딱고개다.

"여기 진짜 올라갈 수 있어요?"

"갈 수 있겠죠. 여기서 내려갈 수도 없잖아요."

이 깔딱고개란 이름은 그냥 나온 이름이 아니다. 한 발 한 발 천근만근 같은 발을 올리며 한 계단 한 계단 온 힘을 다해 올라가는데, 아무리 욕을 못 하는 사람도 욕이 나올 것 같았다. 그래도 진짜 그 넘을 수 없을 것 같던 깔딱고개를 넘으니 봉정암에서 나는지 향내도 나고 불경 소리도 들렸다.

6시간을 걸어와서 짐을 푼 곳은 몸뚱이 하나도 제대로 누일 수 없이 좁았다. 땀으로 범벅이 된 몸을 얼음장 같은 찬물로 씻는 둥 마는 둥 하고 나와서 맛본 그 문제의 미역국 맛이란, 천국이 따로 없었다. 아니, 이곳은 절이니까 천당이라고 해야 하나?

봉정암을 수식하는 말은 참 많다. 우리나라에서 가장 높이 위치한 절 중 하나이고 그런 만큼 초행길이라면 백담사에서부터 봉정암까지는 부지런히 걸어도 5시간이 걸린다. 더불어 이곳은 부처님의 진신사리가 모셔져 있어 부처님 상이 없다. 24시간 온종일 염불이 끊이지 않는 곳. 그만큼 불자라면 한 번은 꼭 오고 싶어 하는 곳이다.

육수도 없이 물과 미역으로만 끓였다는 세상 제일 맛있는 미역국밥을 먹고, 좁아터진 방에 들어가 봤다. 이미 나이 불문하고 전국에서 오신 보살님들이 맛난 미역국밥처럼 맛난 잠에 빠져 계셨다. 다리가 너무 아파서 벽에 다리를 올리고 있자, 어떤 나이든 보살님이 어디서 왔느냐부터 이곳이 처음이냐를 묻고는 당신은 이곳이 열 몇 번째라고 말한다. 내 나이는 몇 살이여 어쩌고저쩌고하는데, 내 눈꺼풀도 다리만큼 무거워져서 할머니의 옛날이야기를 듣는 듯 잠이 들었다.

1박 2일로 봉정암에 다녀왔다. 주말을 조금 벗어나서 그런지 함께했던 J는 그 어느 때보다도 고즈넉한 봉정암이었다고. 곳곳에 여름과 가을이 담긴 설악 풍경을 잘 보고 듣고 느끼고 왔다.

《나는 오늘도 수련하러 갑니다》,《용수 스님의 곰》새 책이 나와서 여러모로 바쁠 때여서 다음에 갈까 생각도 해봤지만, 이때가 아니면 언제 갈 수 있을까 싶어서 다녀왔는데, 갔다 오길 잘했다. 또 이렇게 힘을 얻고 왔으니, 남은 올해 더 열심히 살아야겠다.

10월

나뭇잎 예쁘게 떨어진 자리

행운아

"엄마는 어렸을 적 꿈이 뭐였어?"

"초등학교 1학년 때는 간호사였다가, 고학년 때는 선생님이었어. 그러다가 고등학교 때는 PD였지. 또 그러다가 대학 때는 글을 쓰면서 살고 싶다고 생각했어. 그래서 그런지 잡지사에 다녔지. 아, 지금 하는 출판사도 하고 싶었어."

"와, 그럼 엄마는 어렸을 적 꿈을 이룬 거야?"

"그런 건가?"

"넌?"

"난 솔직히 말하면 아직 못 정했어."

"그래? 뭐 천천히 정해도 돼."

어렸을 적에는 먹고 싶은 것과 하고 싶은 것이 비례한다더니, 아직 꿈을 못 찾았다는 요즘 코딱지 씨는 뭔가를 보는 족족 하고 싶단다.

재밌는 소설을 읽을 때는 소설을 쓴다고 했다가 언제는 발레를, 또 언제는 스케이트를, 요새는 펜싱을 하고 싶다고 펜싱학원에 보내달란다.

이제 중학교에 들어가니 수학이나 영어전문학원에 들어가도 시간이 모자랄 판에 이 아이는 학교 수업과는 전혀 관련 없고 돈 많이 들어가는 예체능에 관심이 많은 편이다. 이러면 두 가지 해석이 가능한데, 하나는 공부에 전혀 관심이 없다거나 공부 정도는 걱정 안 해도 된다 아닐까? 엄마로서 후자이길 바라는 것은 고루한 생각일까?

얼마 전 같은 업계 대표님에게 안부를 묻고 얘기를 나누다가 아이 공부에 관한 얘기가 나왔다. "공부 잘해서 성공하는 시대는 끝났어요. 학원 보내줄 돈 있으면 아이 앞으로 주식을 사줘요. 그리고 발음 좋고, 목소리 좋으면 유튜브로 대표님네 책을 읽으라고 해요. 저는 첫째 아이한테 제일 미안한 게 자기가 좋다고 하는 걸 못 해준 게 제일 후회돼요."

그러고 보면 아이가 물어본 것은 꿈이었지만, 내가 대답한 것은 직업에 가깝다. 나 역시 대학을 졸업할 때쯤 돼서야 직업보다는 어떤 일을 하는 사람에 가까운 답이 만들어진 듯하다.

"엄마, 자기 꿈을 찾으면 가슴이 쿵쾅거린다던데? 정말이야? 엄마도 그랬어?"

'무슨 첫사랑을 만난 것도 아니고, 자기 꿈을 찾았다고 가슴까지 쿵쾅거릴까?'라고 생각했지만, 아이에게는 "그럴 수도 있겠다. 엄마는 워낙 자연스럽게 꿈을 찾아서 그렇게까지는 아니었던 것 같아."라고 말했다.

간혹 작지만 출판사를 하고 있다고 하면 "어머, 좋으시겠어요!"라는 말을 많이 듣는다. 물론 좋다. 깜깜한 아침에 일어나서 수많은 사람에게 떠밀려서 출근하지 않아도 되고, 더는 누군가의 지시대로 하고 싶지 않은 일을 하지 않아도 되니까 말이다.

하지만 이것을 제외하면 직장생활을 할 때보다 몇 배의 책임과, 매 순간 선택의 갈림길에 설 때 그리고 매출 문제를 생각하면 어디에 매여서 하는 직장생활이 몇 배는 더 편하다는 생각을 하게 된다.

그래도 이 나이에도 하고 싶은 일을 손에서 놓지 않고 할 수 있음에 항상 감사하다. 그런 면에서 행운아라는 생각도 든다. 남편이 엄청나게 잘 살아서 아내의 역할이 아이만 돌보기를 바라는 집에 시집갔다면, 작은 일이지만 지금 같은 일조차 하기 어려웠을 게다.

〈김영갑 사진전: 그저 아름다울 뿐이다〉에 갔던 기억이 난다. 김영갑 작가는 제주, 그 중에서도 오름을 사진으로 오래도록 담은 작가로 알려져 있다. 오름이 좋아서 거

처를 제주로 옮겨서 시간이 날 때마다 오름을 사진으로 담았다고 한다. 나이가 들어도 퇴물 취급당하지 않고 하는 일에 깊이가 생기는 분야 그리고 그런 일을 하는 사람은 언제나 행운아라는 생각이 든 전시였다.

태양은 항상 떠 있어요

"태양은 항상 떠 있어요. 구름에 가려서 보지 못할 뿐이
죠. 그 구름이 무엇이겠어요? 자기만의 생각이 구름이에
요. 그 생각에 갇혀서 태양과 같은 밝음을 보지 못하는 거
예요."

매번은 아니지만 간혹 호흡 곤란 오는 기 아냐 할 정도
로 숨이 찰 만큼 수련한 다음 법사님 말씀을 들을 때, 절을
삼천 번쯤 한 듯한 느낌에서 들어서 그런지 말씀이 마음에
확 들어올 때가 있다. 오늘도 그랬던 것 같다. 자기만의 생
각이 구름이라니, 이 얼마나 적절한 표현인가! 법사님은
이 말씀을 들어서 혹은 읽어서 하시는 걸까? 아니면 법사
님이 진짜 깨달아서 하신 말씀일까?

산책하면 안 할 때보다 하늘을 참 많이도 올려다본다.
산책하러 가기 전 날씨예보를 보지만, 밖으로 나가는 순간
비가 오지는 않겠지? 하면서 하늘을 올려다보고, 숨이 차
서 잠시 쉬는 김에 한 번, 목적지에 다다라서는 밤새 뭉쳤
던 어깨와 목을 풀면서 또 한 번 높고 높은 하늘을 올려다

본다.

그러면 자연스럽게 와, 하는 소리가 절로 나온다. 외국은 몇 번 나가보지 못했기에, 그리고 갔어도 여유롭게 관광했던 게 아니어서 하늘색이 생각나지 않는다. 그러니 외국의 하늘색이 얼마나 예쁜지는 잘 모르겠고, 우리나라 하늘색은 어쩌면 이렇게 다양하고 드높은지. 그 하늘을 쳐다보고 오늘도 밝게 비추는 햇살을 온몸으로 받다 보면 책 주문이 적게 오면 어쩌지, 출간 일정에 맞추려면 오늘 정도에는 교정지가 와야 하는데, 하는 걱정 아닌 걱정은 한 방에 날아간다.

"산책하고 있어."

"이 시간에?"

"응, 거의 매일 나오는데."

"역시 사장님은 달라."

"에이, 사장은 무슨. 요새 같을 때는 언니 같은 월급쟁이가 최고지. 아침부터 웬일이야?"

"아니, 그냥 해봤어. 통 전화통화 못 해본 것 같아서."

나와는 꼭 열 살 차이가 나는 둘째언니와의 통화. 육 남매 중 사는 곳이 가장 가까워 그런지 가장 많이 연락하고 사는 언니다. 언니와는 별일 없어도 전화통화를 자주 하는

데, 그건 내가 그나마 전화를 하면 가장 잘 받는 사람이라서 그렇단다. 다른 형제들은 직장에 매여 있거나 장사하느라 바빠서 전화하면 하는 대로 족족 받는 사람은 나밖에 없다나? 그 뒤로 이어지는 이야기는 정년퇴임을 앞둔 언니의 푸념 아닌 푸념 소리 몇 분과 언제쯤 시골에 같이 가자는 이야기였다.

"야, 나는 여태 네가 너를 위해 산책하듯이 나를 위한 시간을 한 번도 가진 적이 없는 것 같아. 네가 우리 형제 중에서 제일 사람답게 살아. 제일 여유로워."

"에고, 하긴 내가 시간부자지. 이제 언니도 퇴직하고선 언니를 위한 시간을 가져야지."

열 살 어린 내가 이제 언니에게 인생에 관해 얘기한다. 병원에 다니는 언니는 올해 가을까지만 출근하고, 퇴직 전 일 년 동안은 연수 기간으로 출근하지 않다가 퇴직을 한단다. 언니 연수 기간에 함께 산책을 해볼까 싶다. 파란 하늘을 보다 보면 없던 희망도, 용기도 생긴다는 걸 알기에. 구름 저 너머엔 늘 태양이 떠 있다는 걸 언니와 함께 느껴 보리라.

그냥 아무거나 써 보세요

"할머니, 시는 어렵게 생각하면 더 어려워요. 그냥 아무거나 써 보세요."

"그럼 한 줄만 써도 돼?"

"한 줄만 써서 되겠어요?"

"아무렇게나 쓰라매?"

"아무거나 쓰라고 했지, 아무렇게 쓰라고는 안 했는데."

언젠가 본 〈찬실이는 복도 많지〉에서 주인공 찬실이가 집주인 할머니에게 시를 가르쳐 주는 장면이다. 영화가 말하고 싶은 것은 우리 모두 찬실이처럼 복을 많이 갖고 태어난 사람들이란 얘기 정도지만, 당시 나도 책 만드는 일 외에 글쓰기, 책쓰기 강의를 하고 있던 터라 이 장면 대사가 기억에 남는다.

글쓰기, 책쓰기 강의를 할 때 사람들에게 글을 쓰라고 하면 도대체 어떤 글을 써야 할지 모르겠다며 막막해한다. 그래서 자신 얘기를 쓰라고, 그게 가장 좋은 이야기라고 하면 그럴 리가 없다는 표정을 짓는다.

자신의 삶을 누구에게 이야기하듯 쓰면 그게 글이자 책이 된다. 산책을 좋아하는 나도 산책하러 다니다 보니 이 좋을 것을 사람들에게도 알려주고, 그래서 함께하고픈 마음이 들어서 지금처럼 산책책을 쓰고 있지 않나?

처음 하는 것은, 익숙지 않은 일은 힘들다. 나 역시 다른 사람들 책을 만들다 내 책을 쓰고 있다. 그래서 글을 쓰는 일에 익숙해지기까지 컴퓨터로 치면 부팅이 오래 걸린다. 나 같은 사람도(1인 출판사를 하고 있지만 매일 글을 쓰고 책을 읽는 일을 하는 사람) 본격적으로 글을 쓰려면 이렇게 시간이 오래 걸리는데 일반인들은 오죽하랴. 당장 글을 쓴다고, 책을 쓴다고 눈에 보이는 책으로 나오는 것도 아니고 일확천금이 들어오는 것도 아닌데, 그 마음이 이해 가기도 한다.

글쓰기 강의를 듣는 이들에게 "잘 쓰겠다는 마음을 버리고, 그저 쓰다 보면 글은 써지게 마련이에요." 하고 말한다. 내가 한 말이지만 정말 맞는 말이다. 여기에 덧붙이자면 작가가 되기 위해 습작 기간이 있듯, 어느 정도 글을 쓰게 되기까지는 거의 매일 조금씩이라도 써야 한다. 쓰지 않고는 아무것도 되지 않는다. 그건 마치 어릴 적 우리 집에 "황금 송아지가 있다."와 같은 코웃음이 나는 허무맹랑한 이야기밖에 되지 않는다. 하지만 글을 잘 쓰고 싶다는 마음만 있을 뿐 대부분 사람들이 쓰지 않는다. 쓰지 않고 글은 잘 쓰고 싶다니! 욕심보 가득한 사람들일세.

오늘도 아침 산책을 하다 집으로 돌아오는 길에 글쓰기 책쓰기 강의를 곧 다시 열어 볼까 하는 생각이 들었다. 어떻게 하면 하루를 마감하는 일기를 쓰듯, 정해진 분량만큼 혹은 쓰고 싶은 만큼 글이란 것을 쓰고 잠들게 할 수 있을까? 책 만드는 일도, 초짜 선생 노릇도 어렵기만 하다. 방금 했던 말대로, 지금처럼 꾸역꾸역 글을 쓰고, 더 많은 이들이 강의를 들었으면 좋겠다는 욕심을 내려놓으면 되려나? 역시 산책을 하다 보면 자연스레 문제에 대한 답을 얻을 수 있어 좋다. 물론 이게 답이 아니어도 어쩐지 어떤 것을 자연스레 생각할 수 있는 이 시간이 좋다.

기다리는 사람

바사삭 바사삭, 아이에게 아침 산책 때 찍은 낙엽 밟는 영상을 들려주니 쿠키 먹는 소리가 난단다. 쿠키라고? 아하, 네가 쿠키가 먹고 싶구나. 오늘도 "시몬, 너는 아느냐? 낙엽 밟는 소리를……"로 시작하는 시구를 머릿속으로 재생하며 바사삭 바사삭, 아이 말대로 쿠키 ASMR을 찍고 왔다. 이때쯤 산책은 참 여유롭다. 아니, 그 어느 때보다 여유로워지고 싶다. 알록달록 자연스럽게 물든 낙엽 잎을 보기도 하고, 예쁘게 물든 잎은 하나둘 손에 들고 와서 책 속에 넣어 책갈피로 만든다.

요즘 같은 때는 나뭇잎이 예쁘게 떨어진 곳을 골라 걷고 싶어진다. 간혹 그런 길을 걷다 보면 한 사람만 걸어갈 수 있는 좁은 길이 나온다. 그러면 저만치 앞에서 오는 사람을 위해, 그 사람이 잘 지나갈 수 있도록 몸을 한쪽으로 하고 조용히 서서 기다리는 사람이 있다. 그러면 왠지 마음이 경건해져서 몸을 조심히 하며 그곳을 지나가면서 마음속으로 '고맙습니다.' 하고 말하곤 한다.

오늘도 길을 걷다가 좁은 길이 나와서, 누가 오나 하고 앞을 보니 연세 드신 분이 오고 계셨다. 그래서 나도 한쪽으로 몸을 비켜드리니, 그분이 "고맙습니다." 하고 겸손하게 말씀하시며 지나가셨다. 그 말씀을 듣자니 나도 다음에는 마음속으로만 하지 말고, 지금처럼 고맙다고 소리 내어 말씀드려야겠다고 생각했다.

종종 강아지와 산책하는 사람 중에도 이렇게 강아지를 한쪽으로 기다리게 하는 분들이 있다. 어렸을 적 동네 강아지에게 물릴 뻔한 일이 있던 나는 작은 강아지도 꽤 무서워하는데, 그런 분들이 계시면 안심이 돼서 강아지와 강아지 주인 얼굴을 한 번씩 바라볼 때가 있다. 역시나 이렇게 배려심 있는 분들은 얼굴이 편안하다. 여유가 있다. 강아지조차도 "저도 아줌마가 잘 오기를 기다리고 있었어요. 저 착하죠? 멍멍!" 하고 말하는 듯하다.

반면 아가들을 포함해서 많은 사람을 만나는 산책길에서조차 목줄을 하지 않고 천방지축 돌아다니는 강아지들도 있다. 그런 강아지는 신기하게도 강아지 주인과 닮았다. "전 오늘 스트레스를 많이 받았어요. 여기저기 제 마음대로 돌아다니면서 스트레스를 풀 거예요. 목줄도 안 했어요. 알아서 하세요. 멍!"

이런 강아지를 보면 시골 마당에서 개를 키웠지만 애완견(요즘은 반려견이라 하던데)으로 키워 본 적 없는 나는 동물이 주인을 닮는구나 하는 생각을 해본다. 기다려 주는 사람, 기다려 줄 수 있는 사람은 처음부터 그런 사람이었을까? 그런 사람은 성인군자에 가까운 사람이고, 나처럼 기다림을 받아 본 사람이 그때 받은 느낌으로 다음에 나도 기다려줘야겠다고 생각하게 된다.

강아지는 마당에서 키워야 하고 눈이 오는 날 밥을 주며 '너의 삶은 어떠니? 나의 삶은 이렇다'를 논하는 정도로만 가까워야 한다 생각하지만, 아이는 상상 속에서라도 강아지를 키우고 싶은가 보다. 우리의 상상 속 강아지 이름은 봄이다. 우리 봄이는 나처럼 작은 강아지도 무서워하는 사람이 있으니 사람이 지나갈 때면 내 옆에서 얌전히 기다리게 해야겠다. "어서 지나가세요. 멍!" 하고 말이다.

매일 해야 하는 것들, 매일 하고 싶은 것들

"팔 근육 만들려면 어떻게 해야 하나?"

"팔굽혀펴기 어때?"

"팔굽혀펴기? 너도 해?"

"나도 팔 힘이 약해서 얼마 전부터 하루에 10개씩 하고 있어. 처음부터 바닥에 대고 하기 어려우면 밖에 나가서 벤치를 잡고 해도 되고, 집에서는 탁자를 잡고 해도 돼. 그러다가 무릎을 대고 해도 되고. 처음부터 많이씩 하려고 하지 말고, 적게라도 조금씩 해봐. 그런데 중요한 게 있어. 가능하면 양팔을 몸통에 붙이고 해. 그래야 운동이 제대로 된대. 그런데 팔 근육은 왜? 날씬하게 하려고?"

"일할 때 팔이랑 어깨가 하도 아파서. 근육을 만들면 좀 낫다고 해서."

언니가 팔과 어깨가 많이 아픈가 보다. 어렸던 조카들이 하나둘 머리가 커도 정작 자기네 엄마는 일하느라 얼마나 힘이 드는지 안중에도 없다. 아니, 생각은 하는데 표현을 그렇게 하는 걸까? 코로나로 오랜만, 조카 시험공부 한

174

다고 또 오랜만. 전철 타고 가도 다섯 손가락 안에 두 언니가 있건만 2년 동안 거의 만나지 못했다. 그러다가 우리 아이도 언니네 아이도 신입생이 된다고, 일주일에 하루 쉬는 언니가 점심밥을 차려냈다고 해서 가 본 자리였다.

미용실을 하는 셋째언니는 요새 노안으로 커트선도 잘 안 보인단다. 게다가 어깨도 하도 뭉쳐서 오늘처럼 하루 쉬는 날에는 물리치료나 도수치료를 받는다. 여기에 비염도 늘 달고 산다고. 예쁜 것 좋아하고(꼬꼬마 시절에 먹을 것도 제대로 못 먹고 사는 시골에서 빨간 에나멜 구두 안 사준다고 한나절 가출을 감행하기도), 미적 감각도 있어서 미대를 가고 싶어하던 셋째언니. 가고 싶던 미대는 가지 못하고, 큰언니 영향으로 미용실을 하고 있다.

성격이 곰 같다고 말하고 싶은 나와는 달리 발랄한 성격에 몸집조차 작은 셋째언니, 때문에 나와는 여섯 살이나 차이 나지만 어떨 때는 내 동생 같아 보이기도 한다. 그런 셋째언니는 종일 서서 일을 해서인지 오랜만에 보는 나에게 여기저기 아프다며 푸념을 털어놓는다. 그런 언니에게 "언니, 운동만이 살길이야. 삼시 세끼 먹듯 운동을 해."로 시작하며 운동의 중요성에 대해 일장 연설을 하다가, 내가 아는 선에서 몇 가지 어깨 푸는 동작을 가르쳐 줬다.

아침에 산책하러 가면 가슴을 쭉 펴고 심호흡을 하고 어깨 푸는 동작부터 한다. 어깨를 으쓱으쓱 들었다 내렸다 하고, 양팔을 풍차처럼 돌리고, 목을 좌우로 천천히 늘리고 있으니, 팔과 어깨가 아프다던 셋째언니가 생각났다. '생활도 이제 어느 정도 안정됐으니 건강을 챙겨야 할 나이인데 다들 일만 하느라 정신없구나.' 하는 생각과 함께 더없이 푸르른 하늘과 새소리를 들으며 오늘은 가족 단톡방에 어깨 푸는 영상이라도 올려줘야지 생각한다.

11월

꽃 한 송이에 물을 갈아주며

산다는 것은

"엄마는 코로나 끝나면 뭘 제일 먼저 하고 싶어?"

"나? 글쎄, 여행?"

"넌?"

"난 여행 가서 수영하기. 친구들과 만나서 맛난 거 먹기. 친구들과 놀러 다니기."

"와, 벌써 계획표를 다 짜놓았네."

코로나 전에도 여행을 엄청나게 좋아한 것은 아니었지만, 코로나가 이렇게 길어지자 마음이 답답해져 왔다. 매일 아침 들어오는 주문 부수도 줄어들고, 원고도 바닥이 나고, 게다가 날은 점점 짧아지니 더 그렇다.

'코로나는 언제 끝날까? 이러다 안 끝나는 거 아냐? 백신은 왜 또 맞으래?' 그날이 그날인 날을 맞으며 진도 안 나가는 원고를 쓰다가 겨우겨우 한 꼭지 원고를 쓰고선 무슨 대단한 일을 한 것처럼 쉬면서 SNS를 열었다.

그러다 인스타그램에서 아는 분이 재미있게 읽었다는 이탈리아 여행책을 보았다. 대학 3학년을 마치고 휴학을 결정하고 셋째언니 집에서 더부살이할 때, 무역회사에 다니며 이탈리아를 왔다 갔다 하던 셋째형부에게 이탈리아 사람들은 거지들도 모델 같다는 얘기를 듣곤 했다. 하지만 그 사람들이 너무너무 맛있게 먹어서 먹어본 음식은 정말 짜고 맛이 없었다는 얘기와 함께 말이다.

그런데 나에게 커피도 피자도 너무 맛있는 나라가 이탈리아 아닌가, 하는 생각이 들었고 언젠가는 이탈리아도 꼭 가 보고 싶다는 생각을 하고 있었다. 그래서 남편에게 이런 얘기를 하니, 이번에는 또 이탈리아냐며, 가 보고 싶은 나라는 참 자주도 바뀐다고 말한다.

인터넷에 산책을 검색하면 외국 산책길도 소개해 준다. 산책을 어떤 기준으로 검색해서 알려 주는지, 분명 산책이라고 검색했지만 내 기준에는 스페인 산티아고 순례길 같은 유명 여행지를 소개해 주는 경우가 많다. 그래도 이런 코로나 시국에 이런 여행지 소개는 보는 것만으로도 즐겁다. 한 코스 한 코스 눈으로 따라가 보며 읽어 본다.

책도 마찬가지다. 당장 여행책을 만들 것도 아닌데 순전히 가고 싶다는, 언젠가는 갈 것이라는 생각으로 포스트잇까지 붙여가며 열심히 열심히 읽고 있다. 그중 오늘 눈에 띈 부분은 이탈리아 피렌체에 사는 유치원생은 어떤 사람들은 한 번도 오지 못할 두오모로 현장체험을 하러 갈 것이란 내용이었다.

세상 사는 게 그렇지 않나? 여수에 사는 사람은 여수 오동도를 동네 산책 코스로 삼고, 서울 사는 사람은 남산타워를 그냥 동네 산으로 여기는 것처럼 말이다. 누구에게는 관광지가 되지만, 그 동네 사람들에게는 그저 산책길에 잠깐 들르는 장소쯤으로 기억되는 곳들.

나는 산책을 좋아하는 사람으로서 여행을 가면 그 동네 사람처럼 아주 편한 옷을 입고(혹시 이런 편한 옷을 입고 들어가지 못하는 곳도 있을까? 있다고도 들은 듯하다) 세계적으로 유명한 관광지를 그 동네 사람처럼 둘러보고 싶다. 어차피 그곳도 그렇게 유명한 관광지가 되기 전 그 사람들에게는 그저 산책길에 만나는 장소였으므로, 똑같이 그렇게 그곳을 둘러보고 싶은 바람이 있다.

그리고 마음에 드는 장소가 있다면 요즘 유행하는 것처럼 한 장소에 한달살기 정도로 오래오래, 잠시 머물다 가는 이방인이 아니라 동네 사람으로 그 장소에 머물고 싶다. 산다는 것은 어쩌면 그리 복잡한 일이 아닐 수 있다. 어떤 책에서 읽은 것처럼 그저 계절을 거스르지 않고 단순하고 소박한 삶을 나 역시 살고 싶다.

보폭도 넓게, 동작도 크게, 생각도 크게

벌써 날이 어두워지고, 쌀쌀해졌다. 수련하러 갈까 말까 망설여졌지만 잘 다녀와서 지금은 디카페인 라테 한 잔에 음악까지 곁들여서 책을 읽고 있다. 산책은 가족과 함께하는 것도 좋지만, 가끔 이렇게 혼자여서 좋을 때가 있다.

"여기까지 배운 거 맞아요? 여기까지 배웠으면 다음 시간에 올 때까지는 그 부분을 확실히 연습해서 와야죠. 그리고 몸에 익힌 동작이라면 크고 정확하게 하세요. 연습해야 동작에 자신감이 붙죠. 다음 동작을 위해서 지금 동작을 얼버무릴 필요 없어요. 한 동작, 한 동작, 지금 동작에 머무르세요."

선무도 수련 중 법사님께서 나에게 보폭이 너무 좁다고 했다. 전부터 이런 지적을 받아서 좀 고쳐 볼까 싶어 오늘은 산책하면서 과하다 싶게 보폭을 멀리멀리 잡고 계단도 두 개씩 걸어 보았던 하루다. 그러면서 보폭은 자신감 같다는 생각이 들었다. 동작에 자신이 없으니 움츠러들고 그래서 보폭도 좁아지는 것 같다. 이제부터라도 보폭도 넓게, 동작도 크게, 생각도 크게 가져야겠다고 생각했다.

"법사님, 동작에 스피드는 어떻게 하면 생기나요?"

"힘이 붙으면 스피드는 자연스럽게 생겨요. 모든 동작에 힘을 넣을 필요는 없어요. 힘을 계속 넣을 필요도 없고, 넣을 수도 없어요. 그때도 말했지만 힘을 뺄 줄 알아야 힘을 줄 수 있어요."

자신감 얘기를 하니 생각나는 게 있다. 1단을 따기 전에는 한 달에 두세 번 나가던 도장을 1단을 딴 후부터 2단을 따기까지는 거의 빠짐없이 다녔다. 일주일에 두 번, 한 시간 반씩 있는 유단자 수업이 있을 때 일정을 조정할 수 없어 빠지게 되면, 유급자 수련 반에 나가서라도 수련시간을 채우고자 했다. 그랬더니 한 치의 오차도 없이 쌓이는 시간 덕분에 나 같은 몸치도 코로나 시국에 3단을 땄다.

1단을 딸 때부터 단을 따는 것에 많은 생각이 들었다. 3단을 따면 도장을 개원할 수 있는 자격도 주어진다는데, 더불어 지도자 역할을 준비하는 단이라던데, 과연 내가 선무도로 남 앞에 나설 자격이나 능력이 되는 걸까? 그러려고 수련을 계속했던 건 아닌데, 그럼 단을 따지 않고 수련만 계속해도 되지 않을까? 1단을 딸 때부터 이런 생각이 들었지만, 이미 단을 딴 선배들이 일단 따보라고, 따면 달라진다고 했다. 그래서 1단, 2단, 3단을 땄다. 그랬더니 정말 내가 1단을 딸 때 함께 수련하며 그냥 따보라고 했던 선배들 말이 맞다는 걸 알게 됐다.

자신감. 나도 할 수 있다는 생각이 들었다. 수련시간에 빠지지 않고, 그만두지 않는 이상 계속 단을 딸 수 있다는 생각 말이다. 그래도 3단 승급심사 때는 심했다. 코로나 시국으로 3단 응시자가 나 혼자였다. 나 혼자 나가서 기본공부터 2단 전후반부를 하는 것보다 더 어려웠던 것은 3단에 응시하겠다는 자신감이었다. 이제 와서 말하지만, 자신감보다는 선배 도반님 말씀을 더 믿었다. 더불어 내가 이제 승단을 봐도 되겠다고 말씀해 주신 지도 법사님을 믿었다.

"정하 님, 했던 대로 하시면 잘하실 거예요. 다른 사람하고 동작 비교할 일도 없고 잘 됐죠. 보고 나면 별거 아니에요. 그냥 나에게만 집중하면 돼요."

사치

어제부터 난데없이 몸이 무겁더니만 콧물이 물 흐르듯 줄줄 나서, 죽으로 점심을 먹고 이비인후과에 가 보려고 죽집에 갔다. 늘 야채죽 이상 먹는 것은 사치라고 생각했는데, 나를 위해 오늘은 쇠고기야채죽을 사 먹는 사치를 부려 봤다. 슬프게도 천 원 차이밖에 안 나더라.

이비인후과에 들러서 매번 똑같은 할아버지 의사 선생님의 치료와 처방을 받고 약국에 들러 약을 받아온 후 꽃향기나 좀 맡아 볼까 해서 집 근처 꽃집에 들렀다. 마침 G 선배도 꽃집에 와 있었다. 역시 꽃집은 우리 동네 가장 좋은 마실 장소. 한쪽 코가 꽉 막혀서 꽃향기가 나려나 했는데 웬걸, 꽃향기가 코감기보다 강한가 보다.

"선배도 와 있었네요?"

"감기 걸렸어?"

"네."

"요새 감기 많이 걸리더라고요."

"그런가 봐요. 와, 꽃 많이 들어왔네요."

"네, 많이 구경하고 가세요."

우리 집과 꽃집은 내 발걸음 수로 딱 열 걸음 떨어져 있다. 남편이 스토리닷 자문위원이라 말하는 꽃집 사장님. 내가 못하는 엑셀도 잘하시고, 내가 못 가 본 절도 많이 가보시고, 얘기하다 보면 이것저것 모르시는 게 없다. 그런데 늘 겸손하시고, 게다가 내가 좋아하는 꽃집 주인이라는 것.

"사장님, 이 꽃은 이름이 뭐예요?" "사장님, 엑셀 좀 도와주세요." "사장님, 보리암 가보셨어요?" "사장님, 점심 함께할까요?"

가깝다는 이유로 일주일에도 몇 번씩 꽃집 문턱이 닳도록 드나들며 사장님을 불러대는데도 영 귀찮은 기미가 없다(없어 보인다). 그러니 머리가 복잡하거나 교정지를 목 빠지게 기다릴 일이 있으면 참새가 방앗간에 가듯 꽃집에 가서 이런 얘기, 저런 얘기를 나눈다.

오늘의 주제는 사치인가 보다. 이비인후과에 가기 전 죽집에 갔던 얘길 하며 이제 아프면 무조건 쇠고기야채죽을 사 먹어야겠다고 했다. 그랬더니 이야기를 듣던 G 선배가 패션을 전공한 동생 이야기를 꺼낸다.

"제 동생은 같은 옷도 다른 색으로 몇 개씩 있어요. 그래

서 같은 걸 뭐 하러 그렇게 사냐고 하면 다 필요하다고 그
러더라고요. 그 애 옷장을 보면 제가 보기엔 '이런 옷을 입
는다고?' 하는 옷만 있는 것 같아요."

"하하, 옷 좋아하는 사람은 그렇다고 하더라고요. 좋아
하는 옷이라면 색깔별로 산다는 사람도 있고요. 책도 그래
요. 진짜 좋아하는 책은 두 권씩 사서 한 권은 밑줄도 긋고
메모도 하면서 편하게 보고, 한 권은 소장용으로 모셔 둔다
던데요. 저는 아직 그런 책은 없지만 제작 사양을 보거나
어떤 책인데 이렇게 많이 팔리나 궁금해서 사는 책도 있어
요. 그러니 책이 자꾸만 늘어나죠. 제가 책도, 꽃에도 욕심
이 있어요. 유일한 사치."

꽃집에서 나누는 이야기들이라 사치라는 주제도 모두
향기롭게 끝나나 보다. 나의 유일한 사치가 책과 꽃이라
니, 누가 보면 엄청 고상한 사람인 줄 알겠다.

세상과 만나다

"어디서 왔어요?"

"저희요? 그냥 지나가는 사람들이에요!"

"감 따고 있으니 감 좀 가져가요."

"와, 감사합니다."

서울이라는 동네에도 감나무가 이곳저곳 있지만, 정작 가을이 돼도 감 따는 모습을 보기란 흔치 않은데 동네 마실 길에서 감 따는 모습도 보고 감도 얻었다.

어떤 사람들은 홍시를 한입 물고 "여긴 아직 굴뚝이 남아있네요." "여긴 골목이 참 예쁘네요."와 같은 이야기를 나누며 동네 이 집 저 집 생긴 모습도 구경하고, 중간중간 시시콜콜한 이야기도 나누며, 동네 책방에서 진행한 최종규 작가님과 함께했던 동네 마실.

혼자 하는 마실과 이렇게 여러 사람과 함께 하는 마실은 또 어떻게 다를지 궁금했는데, 같은 동네도 보는 사람에 따라서 달라지는 걸 또 한 번 느꼈다.

동네 마실을 떠나기 전 동네 책방에 모여서 요즘 읽고

있는 책은 어떤 것인지 책 마실도 떠난 자리. 그중 한 분이 자신은 갱년기라서 요새 눈도 침침하고 마음도 침침해서 참 오랜만에 책이란 걸 손에 들어 봤다고 하시면서, 갖고 온 책도 사실 당신 책이 아니라 이제는 다 큰 아들이 집에 두고 간 시집이라 하셨다.

그러자 최 작가님이 갱년기를 새로 태어나는 때 새로운 시절로 맞이하라고 말씀하셨다. 어쩐지 나의 앞일을 이야기하는 것 같기도 해서 어제 동네 마실 중 나왔던 그 어떤 이야기보다 새롭게 다가왔다.

오, 밤새 비가 왔었나 보다. 이런 아침이 좋다. 졸음이 조금 묻어 있는, 방금 막 세수하고 나온 아이 같은 날. 커피 한 잔 들고 발걸음을 천천히 옮기며 세상과 만나 본다. 산책을 앞산으로 갈까, 뒷산으로 갈까 하다가 뒷산으로 가는 길, 어제와 똑같은 길에서 뭐가 새로워졌나 하고 두리번두리번하면서 발걸음을 옮긴다.

요새 매서운 비바람으로 나뭇가지도 꺾이고, 어떤 나무는 그 바람을 못 이겨 드러눕기도 했다. 오늘따라 비바람을 온전히 받아낸 숲이 한결 힘차게 느껴진다.

삶을 산책하듯 살고 싶다

산책. 그렇다. 몸과 마음을 함께 움직이는 것으로 산책만 한 것이 없다. 산책하다 보면 늘 보던 길도 동네도 가게도 달리 보인다. 이렇게 마음 밖에 있는 것도 달리 보이기에, 마음도 자연스레 보이기 시작한다.

불교에서는 산책을 포행(布行)이라 한다. 어른스님들은 "포행 빼먹지 마라. 보약 한 재보다 낫다."라고 말씀하신다. 스님들도 하루 세 끼 공양(식사) 후엔 반드시 포행을 한다고. 그 가운데서도 사시(오전 11시)공양 뒤에 두 시간씩 걷는 포행은 스님들의 건강을 지킨다고 한다. 내가 산책 책을 쓴다고 하니 아는 분은 "책 중에 산책책이 가장 좋다죠?" 하는 우스갯소리로 끝까지 잘 쓰길 응원해 주기도 했다.

살면서 머리와 몸이 무거운 날에는 앞뒤 재지 말고 무턱대고 산책을 해 보자. 그저 동네를 한 바퀴 거닐어도 좋고, 자연과 함께할 수 있는 곳으로 산책을 해도 좋다. 가끔 영화나 미술관 산책도 좋고, 책 산책도 좋다. 신기하게도 산책이라는 말은 여기에 붙여도, 저기에 붙여도 자연스럽다. 그런 만큼 산책은 여유로움 그 자체인 듯하다.

삶이 지루한가? 삶이 촉박한가? 삶이 재미없는가? 이런 삶을 바꾸고 싶다면 산책을 하시길. 다들 산책하는 삶을 꾸리시길 바라본다.

내가 좋아하는 것들, 산책

초판 1쇄 발행 | 2022년 4월 26일

지은이	이정하
펴낸이	이정하
교정교열	정인숙
디자인	소보로

펴낸곳	스토리닷
주소	서울시 서초구 방배동 934-3 203호
전화	010-8936-6618
팩스	0505-116-6618
ISBN	979-11-88613-24-3 (03810)

홈페이지	http://blog.naver.com/storydot
SNS	www.facebook.com/storydot12
전자우편	storydot@naver.com
출판등록	2013. 09. 12 제2013-000162

스토리닷은 독자 여러분과 함께합니다.
책에 대한 의견이나 출간에 관심 있으신 분은 언제라도 연락주세요. 반갑게 맞이하겠습니다.